真説・大塩平八郎文政風聞録外伝

闇の中の猿

石田 正之
Masayuki Ishida

風詠社

目次

闇の中の猿

真説・大塩平八郎文政風聞録外伝

一、大坂新町遊郭

文政十一年（一八二八年）九月。

今日も、大坂の町は町人が支配して道を慌ただしく行き来している。時を惜しむかのように早足で歩くのはこの町に住む人々の習性である。

行き交う町人に溶け込んで、町人姿の男がひとり昼下がりの順慶町通りを西に向いて歩いていた。夜には、大坂最大で不夜の夜店が居並び多くの人々で賑わうこの通りも、昼間には店は開いていない。所々に常設の店のものか荷物だけがまとめられて静かに眠っている。

前に西横堀川を見て新橋を渡ると、江戸幕府公認の三大遊郭の一つ新町遊郭の東大門である。江戸時代の青楼傾城町（遊郭）は日の沈む方向、西に大（正面）門が人々から憚《はばか》るように建てられてあるのが一般的である。

しかし、大坂の傾城は不夜の順慶町通りの人々を引き込むために東門（新町遊郭では裏門）が大きく開かれている。

男は、躊躇《ためら》うこともなく昼間の東門を潜《くぐ》って新町遊郭に入った。

東門を入ったその中央の大通り筋が瓢箪町で、中ほどの辻を右手に折れると阿波座と呼ばれる場所で東に新京橋町と西に新堀町と二つの町が並んである。ここは遊女だけの色町である。男はさらに新堀町の西側の九軒町に面した角にある小さな端女郎屋に入った。端女郎は娼妓の中でも最下位の遊女である。

店先の見世部屋にはまだ娼妓がいないが、さほど年を取っていないやり手婆さんが上がり框《かまち》に居て、

「見世に誰も居てへんけど、どの娼妓《こ》だす？」

「夜の〝花心《はなごころ》〟に聞いて来たけど、昼間に来る武家の内儀の娼妓《おんな》が今日は居るか？」

「表に揚がってまへんけど、さっき来たばっかりで奥に居りますで」

「揚がりなはるんか？　揚がりなはるんやったら上の部屋でちょっと待っておくれやす。直ぐに来さしますすよって」

「ああ、じゃ揚がらせてもらうよ」

男は雪駄を脱いで框に揚がった。

やり手婆さんが案内で先に階段を上がった。

「この店には酒を置いているか？」

男はさり気なく尋ねた。

「ありますで、直ぐに呼んできまっさかい、それからゆっくりしなはったら、よろしいがな

……」

控えの待ち部屋に通され、無造作に机の上に置かれた艶本《えんぽん》でも見てしばらく待っていてくれと

机の前に座らされた。昼間の端女郎屋なので、客が少ないが、先に揚がった客がいるようで奥の部屋から艶めかしい声が聞こえている。

何気なく、部屋の様子を意味もなく眺めていると襖が開き、女が顔だけをのぞかせて怪訝《けげん》な顔をして中を見た。

「お前か武家の内儀というのは？」

「わたしですけど、よかった……。知らん人に呼ばれたよって、もっと怖い人かと思った」

女は男の顔を見て、怪訝な顔を緩め、部屋に入ってきた。

大坂町奉行所の手先となるこの男、町人の姿をしているが町とは別の処に置かれた被差別村に住む〝若き者〟である。大坂では、町奉行所直属の配下として働くためこの村の者達は自らの村の事を〝役人村〟と称している。

見た目には二十代の町人にしか見えない。当然、その素性は他人にはわからない……。

「おばちゃんから聞いたけど、〝花心〟さんから、わたしのこと聞きはったん？」

「町人の分際で、武家の女を一度、抱いてみたかったからや。お前は傾城言葉も使わへんし、武家言葉も喋らへんな？」

「武家ゆうても、わたしの亭主は同心様の供回りのお抱え侍。町人と変われへんし、わたしも元は町人だったの」

江戸幕府譜代の直参武士の職業は役人で名誉を重んじた。外様大名は大領地が与えられ石高も高く裕福であるが、譜代の武士は規定の供回りなど持たされ、幕府から支払われる扶持米（収入）に対して家を維持する支出の方が多く、生活が困窮する者が大半を占めていた。従って、内職をし妻の稼ぎを頼り、当たり前のように懇意な町人達からの心づけ（賄賂）を受け取る風習が根付いていていた。供回りに雇われる俄か侍なら尚のこと生活苦にあった。

「……」

思わぬ話を聞かされて、返事に困って黙っていた。

女の方から、悟ったのか、

「あっ、すみません！　こんな事、話したらあかんねんや」

女は表情を緩めて、

「うふっ、立派なお武家様と思いはった……。傾城言葉もまだここに来て間なしやし、よう使えへん」

「いや、構へん。別に気にはしてへんから。お前は正直やな。下級武士でも侍の女房には変われへん。白粉《おしろい》の染み込んだ肌の玄人も飽きたし、趣《おもむき》を変えてみたかったから丁度良かった」

この時代の娼妓の売りとして、女の素性も要求された。元お姫様や公家女、巫女、武家女、女房、町娘などの白人（素人）などなど。因みに青楼遊女の最高位は太夫（花魁）、天神、鹿子位（囲い）、端女郎。この傾城では身売りされ〝形〟に支払われた金を返済する期間の年季、身を売る女ばかりでなく、伝手《つて》を頼って通いで来る女もいた。

年季の女が郭から逃げ出さぬよう四方を塀で囲い、正面門以外の七つの門は火事以外では開かぬ蛤御門は遠い過去のこと、頑強に閉ざされていたのは当初のうちだけで、江戸時代の後期になるこの時期は豊作が続き庶民の生活も豊かであったため、最大を誇る遊郭に身売りされてくる女も減っていた。大遊郭では見世に置く多くの女性を入用としていた。この女も子細な理由があって伝手を頼って来ているのであろう。

重慶町通りの新橋側の東門を開通しているばかりではなく他の門も、客が入りやすいよう適宜開かれ、女の出入りが割と自由にできた。身売りされてきた女は店自体が厳重に管理しているが、外から来る女たちの出入りは門番が適度に融通を利かせてくれていた。

因みに郭以外で、夜間に茣蓙《ござ》、襖《ふすま》を持って身を売る女は総嫁《そうか》（辻君、夜鷹）という。大坂ならではの身を売る女として、湾に停泊中の船舶への出張する娼婦《びんしょ》は青楼に働く遊女（傾城）とは区別されていた。

「旦那様の稼ぎだけやったら、生活も出けへんし。子供もいるし……ここやったら、はよお金、拵《こしら》えられるから」

「武家の人妻と町人か……、普通だったら不義密通で斬首やな。貞節も傾城ならば構わへんいうことか、浮気でもないしな」

どう見ても武士の妻だ。端正な顔立ちに、町人とは思えない知的な顔つきで鼻と口が殊の外小さく黒目が印象的にまで大きい。その目が、喋るたびに異様に輝く。少し恥じらって微笑むしぐさが愛くるしい。不思議な女だと男は思った。

「どれだけ、居てくれはんのん。おばちゃんに言《ゆ》わなあかんし……お酒も要るの？」

「花代は一本いくらや？」

花代は線香一本が燃え尽きる時間で計る。時間が娼妓の代金だ。

「わたし、値段よう決めへんし、おばちゃん呼ぶわ、決めてもらうから……」

大きく手を打って、

「おばちゃん！」

と声を上げて呼んだ。

すぐに、やり手婆さんが遣って来て、

「この娼妓《こ》、御武家はんの御内儀やよって十匁《もんめ》出してやってぇな」

「じゃ、二本で頼む」

武家の嫁ということなので、線香一本十匁（一本の線香が燃え尽きるまでの時間が約四十分程度、金一両が十万円で銀に換算すると六十匁なので十匁は現在の一・六万円程度）請求された。

交渉で二本として銀二十匁支払った。

「おおきに！　兄さん福耳やな。縁起ええよって、おばちゃんが酒、付けとったるわ」

調子の良い、やり手婆さんだ。人の褒めるところがなかったら耳を目ざとく見て褒めてくれた。

町奉行所の手先として町の風聞を探索する諜報活動が役人村の若き者の仕事なのである。町に住む町人達からは町奉行所に何を言い触らされるかわからぬ存在なので〝猿〟と呼ばれ忌嫌われていた。この仕事をするからには普通の目立たぬ町人姿でなくてはいけない。町外れに住む役人村の〝猿〟が美男子では困るのである。

別に、同じ町奉行所の手先である町人は〝犬〟と呼ばれて、十手を持ち表だって〝目明し〟と名乗ってみんなに知られている。従って、こちらは町代や町の世話役が担っている。

「わたし、まだ白粉中途《ちゅうと》やし、直ぐに用意して戻って来ます」

白粉が途中だったか、頬の雀斑《そばかす》とほくろが薄っすらと、白粉の下にまだ透けて見えていた。


暫くして、化粧を整えて酒を持って女が戻ってきた。

下唇の口紅を笹の葉色《みどり》にしている。文化文政時代の化粧の流行りである。

「笹紅か……、高価な紅を、何度重ねたらそんな色が出る？」

笹紅とは高価な紅を何度も塗り重ねることによりでる鮮やかな緑色（玉虫色）をした紅色のことで、笹紅は最高級な太夫の贅を見せる証しなのである。

「いや、良う知ってはる……」

女は得意気な顔をして、

「わたしら、端女郎やし高い紅、よう重ねて塗られへんから。これ、下に墨《すみ》塗って紅つけたら笹《ささ》紅《べに》っぽう見えるのよ。ここで、教えてもらったの」

喋りながら銚子を取って猪口に注ごうとした。

「お酒、燗してへんけど構へん？」

猪口を取り上げて、

「構へん」

注いでもらった酒を一口で飲み干した。

「お酒、強いの?」

「まあ。お前の名は?」

「美花《みはな》っていいます」

「似合っているよ」

化粧途中の生の顔を想像しながら自然とこんな言葉を言ってしまった。

「うふっ」

また、軽く微笑んで独特の笑顔を見せてくれた。

「このお店の娼妓《こ》はみんな、名前に〝花〟を一字付けないといけないの」

「そう言うたら、店の屋号は〝花籠《はなかご》〟やったな」

女の顔を見つめながらつぶやいた。

「お前の顔を見ていると、絵に描き残してみたくなる……」

「絵画《えか》きさん? わたし、浮世絵みたいな顔してへんから書き難くない?」

「浮世絵美人は絵師の画風で、浮世絵だけが絵やないよ。大坂の商売では客の顔を覚えておかなあかん時もあるしな」

男はつい、町奉行所で風聞したときの人物の人相を報告するときのことを思い浮かべた。

ひと時の時間を酒と会話に費やすと、女から時間のころ合いをみて、

「そろそろ、させてもらっていい？」

娼妓の本業を始めるかと聞いてきたが、

「わたし、どうさせてもらったらいいの……」

と、女はたたずんで戸惑いをみせた。

男は少し、あきれて思わず躊躇《ためら》ったが、

「ああ、ちょっと待って……」

と言って、手早く自分の着物を脱いだ。

この女は、本当に初めてなのかと疑ったが、本当に白子（素人）のようだ。慣れていないのか、客の扱いを知らない。

帯を解いてやると、女の着物が自然と落ちて脱げた。

腰巻きはしていなかった。恥ずかしそうに男の目の前に裸をさらした。

昼間なので、部屋に木漏れ日が差し込んで明るい。

恥ずかし気に自分の体つきを見て、

「もう、三十路を超えたわ」

「そうは思わへん。俺は太目の女は好かん」

運動をしないこの時代の女性にしては肉質でぜい肉が少なく締まった体をしている。

一般的にはこの時代には女の裸体を眺めて鑑賞する習慣はないが、罰として裸をさらされることがある。この男は湯屋、風呂屋で女の裸は見慣れているようだった。

女は恥毛の薄さに恥じらいを見せた。

「剃っているのか？」

「もともと、少ないから、いっそのこと、その方がかえって汚れが拭き取り易いから……」

女は先に敷かれてあった布団に仰向きに横たわった。

「毛のない娼妓っていないの？」

「俺は初めてや」

「へぇ、そんなものなの……、なんでやろ？　わたし、他の人のことはよう知らんし……」

「そうやろな……」

男は自分の身体を見せて、

「今朝、朝風呂に入って来ている。遊ぶときは、いつもそうしている」

まだ夏の日差しだが心地よい風が部屋に入ってくる。

「ほんと、すべすべしてあったかい……」

女は、男の胸を撫ぜた。

「俺も、体毛《け》が少ないやろ」

この男の体も体毛が少なく胸毛はなく、脛毛も少なかった。

女のさほど大きくない乳房が男の胸に触れた。

「お前のからだは、冷たいな」

女の体温は男より低い。場所柄男の方は昂ぶっているものである。

恥毛のない部分に手を置いて今までに体験したことのない感触を味わうことにした。そして、そこに顔を埋めた。女のすべっとした心地よい感触が男の頬に伝わってきた。さらにその奥に触れると、両足の力を緩め小さく開いてみせた。女の花唇はもう濡れていた。

「あ、ああ……」

体をくねらせて、小さく呻《うめ》いた。

かれこれ、線香一本がなくなるころだろうか、男は休まず女を愛撫し続け、そして抱いた。女の苦悶の表情が美しい。

「ああ、一緒にいって……」

男の耳元で、小さな唇を微かにあけて小さく囁《ささや》いて、男の体に強くしがみついてきた。その言葉に合わせて男は、女を強く抱きしめ腰に力を入れた。

終わって、二人で天井を見つめながら、少しの静粛な時間を過ごした。

そのうち女は横で目を閉じて、男に寄り添った。

「ああ、わたしこのまま寝てしまいそう……」

暫くすると、下からやり手婆さんの声がかかった。

「美花ちゃん、もうちょっとで上っててや！」

女は、その声で我に返った。

「はぁ〜い！」

男は体を起こし、身支度をしながら聞いた。

「いつまで、ここに居る？」

いつまで、この店で働いているのか聞いた。女は、少し考えてから、

「まだ、もう暫くはここに居ます。おばちゃんに紹介してもろたし、ここの人はええ人ばっかりやから、安心して来られるから……」

「通いか……。そうか、ではまた来たる」

「わたし、毎日来てへんから、来るときはおばちゃんに言《ゆ》うといてくれたら、連絡もらえることになっていますから」

この時代の遊郭に居る遊女で借金による身売り、所謂《いわゆる》売られてきた女性は、格式ある青楼に幼少期に来たなら七歳～十三歳の〝禿《かむろ》（太夫の付き女児）〟が体験でき、十六、七歳までに太夫の世話付きができる者は〝新造〟から〝太夫〟へと昇格していくが、太夫に上り詰める遊女は稀である。二十歳も過ぎて身売りされてきた女なら、禿の時期もなく端女郎になる者が多い。

しかし、この大遊郭では、最早身売りされる女性だけでは足らず多くの女性が入用であった。綺麗な着物を着たいという願望をもつ女性や、高収入を得たいという女性にとって職業としての仕事が少なかった女性にとって大坂の風俗は手っとり早くできる絶好の稼ぎ場所であった。

「あっ、名前教えてもらって、良《え》え？」

「長吉《ちょうきち》という。漢字は長い吉《きち》や」

「それだけ？」

「じゃ、絵画きの……とでも覚えておいてくれ」

「うふっ、描いてくれはるん?」

微笑んで、言葉を返した。

「今日のお前の顔を、覚えた俺の頭に残した顔を絵にして、今度来た時に見せよう」

男は話を変え、

「それより、通いならお前が住む町の顔見知りや、お前を知る者が店に来たらばつが不味《まず》かろう」

と気遣って聞いた。

「居《い》るかもしれんけど、まだ会えへん……、でも、その時は覚悟しています」

軽く微笑んで気丈に答えた。


この男、名を長吉という。東町奉行所盗賊改め方吟味役与力大塩平八郎の手先となって、町の風聞（噂話や町の情報）を探索する千日寺役人村の若き者で〝猿〟と呼ばれる諜報活動を行う者であった。村では喜蔵《よしぞう》と呼ばれている。

文政八年ごろより発生した近畿一円にまで広がり町人達から法外な金品を掠め取られる被害が続出した邪宗門事件というものがあり、この時に大塩のもとで摩訶不思議な奇跡を起こすと言う神懸った巫女による新興集団の諜報活動に尽力している。

邪宗門事件の諜報を収集するうちに、姦悪な情報の繋がりが明るみとなり、西町奉行所与力弓削新右衛門とその一味の探索へと諜報活動が広がっていた。

大塩平八郎の正義感は同職の一部の不正も許さなかった。

奉行所内の与力同心の家族の素行まで風聞を探らせていた。生活の糧に新町に現れる武家の内儀の稼業にまで及んでいる。

長吉の今日の行動にも繋がっているのかは定かでない。ただ、今日の長吉の目的は端女郎ではない。向いに立つ九軒町の揚屋青楼〝八百新〟に通う、役人村は千日寺の吉五郎と西町奉行所与力弓削新右衛門の関わりを見つける風聞探索であった。垣外（市外）にしか住めぬ身分において、贅沢三昧、豪奢な生活ぶりと悪行の一部始終と奉行所与力との悪の繋がりの露顕にある。

「おおきに、また来てやってや！」

美花と、やり手婆さんの見送りの言葉を聞きながら、向いの巨大な青楼を見ながら後ろに聞いた。

「この店からは、向いの〝八百新〟がよう見えるな。さぞかし豪奢《ごうしゃ》な塗駕籠で乗り付けるような客がようけ来るのやろう？　大店の客筋か……」

向いの九軒町には高級揚屋が多かった。揚屋は遊郭の中でも、一流の太夫が天神と禿を従えて揚がる高級青楼である。中でも八百屋は格式があり馴染みの豪商が贔屓として多く利用している。高級な太夫、天神を置屋から呼び寄せ揚屋に行列を組んで揚がる。最上級の太夫は置屋の専属である。

かつては豪商や大名しか買うことが叶わなかったが、最近では不徳の金を得た幕臣や仏門にある僧侶、町に住居を持てぬ町はずれの四か所の垣外《かいと》役人村の長吏、頭が憚るどころか豪奢な塗り駕籠で乗り付けて来る者が増えていた。

九軒町の南の石垣には桜が植えられてあって九軒町の春の花見は有名である。

「ああ、来ますで。あれは〝八百屋〟言うのや、八百新は八百屋の新兵衛を縮めてみんなそう呼ぶのや。八百万《やおよろず》いうくらい女が多い大きな店や。船場の豪商は自分ひとりでは滅多に揚がれへんな、客をようけ連れて来よる。駕籠で来よるのは、僧侶か役人村の頭やな。渡辺の長吏は桁が違うで。顔見せられんよって、村からは白木の駕籠に乗って、別に町から漆に蒔絵の駕籠を迎えに来させて町に入る前に乗り換えてくるみたいやな。足ひとつ地べたに着けんと来よるって、聞いてるわ。おばちゃんも駕籠はよう見るけど降りる姿は見たことはないな。豪商以上の暮らしをしてるっちゅうのがもっぱらの話やけどな」

会話の最中に、美花はもう奥に下がっていなかった。

「あんたも、お金仰山《ようさん》儲けて大きな青楼《みせ》で、遊べるように早よなりや」

町人の身なりの長吉を見て、やり手婆さんが言ってくれた。

二、島之内の湯屋《ゆうや》

西横堀川と長堀川が交差するところに井桁型に架かる四つの橋を四ツ橋と言った。

長吉は、そのうちの北に架かる上繋《つなぎ》橋を渡って、一旦船場に入ってから炭屋橋を渡って南船場の島之内に向かった。

島之内にある長堀川沿いの鰻谷町には当時、長崎から世界に輸出されていた銅の精錬所〝住友銅吹所〟があり、精錬用の炭を扱う炭屋町に架かる橋が炭屋橋である。

島之内にある行きつけの活洲《いけす》料理屋でさらに酒を飲むことにした。

町中にある活洲料理屋なので、料亭のような本格的な料理はない。小魚を造りにして出してくれるだけだ。

揚屋、置屋、活洲、風呂屋など人が多く集まる場所が猿の情報収集の溜り場で、表に出ぬ経営者には役人村の者が関わる店が多い。そのため、この時代に珍しい肉の煮込み料理が役人村から持ち込まれるので、この店ではその肉料理も食すことができる。

その関係でこの店にも長吉を含む猿がよく集まる。

小鯵《あじ》を肴に昼間の行為のおかげで緊張感が抜けて酒が程よく回った。

昼をだいぶ過ぎているので、今は店の客もまばらだった。

店の中は薄暗く、昼間の日差しだけで店の中の様子がわかるほどに、部屋の中の光に目が漸く馴染んだころ、開け放たれた入口から小柄な町人姿の男が入って来た。

逆光でこちらからは良く見えないが、向こうから長吉の顔が分かったらしく声をかけてきた。

「ようっ、喜蔵。今日は昼間から酒か？」

店の中まで入って来たので顔が漸くわかった。長吉の村の呼び名で声をかけてきたこの男も役人村の〝猿〟である。

太鼓持ちを遣っていて、太鼓持ちらしい名前を付けて左之助と名乗っている。置屋に居て、客と太夫に付いて揚がり、座敷の場を盛り上げる太鼓持ちの見習いである。

長吉より少し年上であるが、呼び名をそのまま呼び捨てで呼ばせてもらっている。

気さくな男で、この男も役人村の若き者である。素性は詳しくは知らないが、長吉と同様に親の生まれは大坂ではないようだ。当然、どのようなことをしてこの村に来たかも知らないが、村の檀家寺の人別帳には戸籍として名がある。左之助には、親の言葉が所々に残されていて侍言葉が聞かれるので、先祖は侍だったのかも知れない。仲間との会話の最中に出てしまうことがある。

大坂三郷のような大都会では他国から移住して来た者も多く、別に不思議なことではない。

左之助は派手な柄物の着物を着て、ぱっちの尻に小粋に端折っている。

「おやじ、わしにも酒と鯵の造り、おくれ」

長吉の飲み台の前に座った。

「お前の方は、何か新しい風聞でも聞き込んだのか？　俺なんぞは太鼓持ちの見習いやろ、大きい青楼の座敷に揚がれるけど大物は相手にしてくれへんな。古強《ふるつわ》もんが馴染みに付いていて放れへんから、こいつらから聞き出すくらいやな」

「左之助が太鼓持ちなら、よう似合《にお》てるわ。まあ、焦るな。直ぐに手柄を欲張ると陸《ろく》なことはない」

「太鼓持ちは面白《おもろ》いけど、結構つらいな。商売人か武士か、相手によってかなり気を遣う」

「それが仕事だろ……」

「古強もんの太鼓持ちから聞いた話やけど、千日寺の吉五郎と鳶田谷の久右衛門は新町の八百屋新兵衛と土佐堀の葉村屋喜八と兄弟の契りを交わしたようや。八百新は弓削の妾の親らしい」

「新町の妓楼八百新や土佐堀の葉村屋はそれなりの金持ちではないか」

「ああ、そうや。吉五郎と久右衛門も千日寺と鳶田谷では役人村の頭。御法度である開帳（賭博）を檀家寺に持ち掛けて、これに与力同心を口封じに引き込み、金を持っている町人からは金を無心し、金の無くなった町人には家財、女房子供まで売り飛ばしての悪行三昧」

「まるで、邪宗門事件と同じか」

長吉が言葉を漏らした。

左之助は長吉より少し前から猿を遣っているので、邪宗門事件では京都にまで足を運んで諜報していた。従って、この事件のことは長吉よりも詳しい。

東町奉行所与力大塩平八郎が東町奉行高井山城守実徳の命によって手柄を挙げた三大功績の内

の最初の事件であった。

文政八年頃から、京八坂に土御門配下の陰陽師又は稲荷明神や豊国大明神と称した巫女と名乗る三人の女が現れ、首領に豊田貢五十四歳、〝きぬ〟五十九歳、大坂川崎に住む〝さの〟五十六歳が荒行を修行し『センスマルハライソ』なる呪文を唱え、加持祈祷の妙法で吉凶禍福を予言し病人や難渋者が救われたなどと奇跡のように見せ数多の町人が犠牲となった。金品を掠め取られた事件で、首領をはじめ巫女三人が五十歳代の女だったので三婆と呼ばれた。中でも首領の〝貢〟は絶世の美女として有名な元遊女だったところから、巷では知らぬ者がいないほどの事件であった。

神仏教とは異なる宗教のことから〝邪宗門事件〟と呼ばれた。

この事件の記録は江戸評定所（最高裁判所）に差し出された吟味書、罪状書、禁書目録から邪宗門一見御仕置き評議書に纏められている。この記録の探索には彼ら〝猿〟の活躍をなくしてはならなかった。

「邪宗門とも繋がりがないこともない。東様（東町奉行高井山城守）、大塩様がすべてを押さえてからの御裁決とならば、何時までたっても埒が明かぬとの事故、三婆の逮捕とその一味の捕縛で区切りとしたまでや。首領の豊田貢、さの、きぬ、この三婆の逮捕だけでも文政十年の一月から六月まで、残党一味の捕縛もほぼ一年も掛かっている上、未だに裁決に至っていない。大塩様もご苦心されておる。繋がりがあるがゆえに、われらが今も与力・同心・役人村の頭・悪徳町人の風聞を集めておるではないか」

続けて、左之助が一気に喋った。

「吉五郎と久右衛門が八百新と兄弟となれば、妾でつながっている西町奉行所与力弓削の息が架かっていることに違いはない。吉五郎と久右衛門も暴利をむさぼっておるが、弓削はもっとひどい。文政七年には唐物取締り取調べ役を兼任して道修町の薬種屋仲間一統を取り仕切って難題を吹っかけて暴利を得、取調べでは賄賂で罪人を許し、罪なき者を入牢させ獄刑に処し、その家、財産を私服に掠め取り、訳もなく召し捕えられ、無実な良民の入牢、遠流、追放は多々、残された私財は全て弓削が掠め取り、美貌の女房などは体まで貪《むさぼ》り、挙句の果てには三郷処払いに処すなど悪行の限りは数え切れぬ」

「大塩様が、よく黙っておられるものだ」

左之助が答えた。

「いや、大塩様はこの一件から始められた、と聞いておる。山城守様に成敗を志願されたようだが、西町奉行内藤隼人正様配下の与力のため慎重に事を進められている最中に、水野軍記なる山師の弟子とかいう、三婆の首領豊田貢が京清水寺裏に稲荷明神なる神を祀り、邪宗門事件が発覚した。大坂川崎の婆などが如何わしい御利益があると、良民弱者を誑《たぶら》かし弓削と同様に金や着物、家財道具から家屋敷まで掠め取り、被害にあう者が続出した為、ついに奉行所に被害者からの提訴で明るみになった。それで大塩様はやむなく邪宗門から手掛けられたのだ」

長吉が聞いた。

「ならば、ここまで調べ上げているのに、何故に大塩様は動かぬ」

「内藤隼人正様の御為さ。後は、弓削と役人村頭が顔合わせしている現場を目撃して報告するのと、関係者の証拠を掴むことや。向こうにも、役人村の頭だけに〝猿〟が、与力には目明しの〝犬〟がいる。俺は、太鼓持ちでなんとか、この関連の者が会っているところを突き止めたいのやが、これが、なかなか……」

「左之助は一番危険やな。絶対に敵の〝猿〟に気取られるな」

「少しぐらい危険を冒さないと、手柄は難しいのかもしれへん」

「俺は、明日大塩様と詰所でお会いすることになっている。左之助はどうする」

「わしは、大塩様のような方は肌にあわん。あの声を聴いていると、どうも息が詰まる」

大塩平八郎の話し方は、常に言葉が厳しく、甲高い鋭い口調は、聞く者を圧倒し不快にさえ思う者も少なくなかった。

「左之助の手柄が逃げるぞ。手柄を挙げれば士分になれる」

「侍などわしの柄ではない。身なりを見たら、どう見ても太鼓持ちだろ」

立って、一回りして身なりを見せた。話し合っているうちに酒が適度に気持ちをほぐしてくれた。左之助とは、これくらいにして別れた。

長吉は活洲料理屋を出ると、酒も少し回ってきているので高津町にある湯屋《ゆうや》で垢すりでも頼むことにした。島之内も大坂色町の一つで、ここは湯屋が多い。

長吉は、〝大黒風呂〟という湯屋に入った。

ここも行き付けの湯屋だ。この湯屋も役人村の経営が多い。そして、人の出入りの多いところでもある。

風呂の入浴料は八文程度で、湯女《ゆな》を指名したので三匁を高座（番台＝銭取場）に支払った。馴染みの湯女がいて、その女の空くのを服脱ぎの板の間で待たされた。

「わあ、よっさんや。久しぶりと違うの」

気安く喋ってきた。馴染みの女だ。

名前は〝里子〟という。この女は天王寺の役人村から来ている。

同胞なので村の呼び名の喜蔵で呼ばせている。

喜蔵《よしぞう》だから〝よっさん〟と呼んでくる。猿ではないが、この女から客の話を聞かせてもらっている。

顔も良いし、体つきも良いので、売れっ子だった。

石敷き漆喰の洗い場（流し）に入った。

女が付き添い湯桶に湯をたっぷり入れて持ってきた。

「今日は、遅いのと違う、何所行ってたん」

「活洲料理を食べてきた」

女は愛想で聞いただけだった。軽く頷くと自分のやること聞いてきた。

「全部洗うの？」

「ああ」

湯女は女の三助である。

風呂での垢すりが主であるが、娼妓と変わらないこともしてくれる。ここの湯女は、湯がかかっても良いように裸に、短めの浴衣地のはっぴ姿に帯だけで胸元が開けていて色っぽい。そこが、この風呂の人気のようだ。

背中を擦《こす》ってくれた後、

「前は、どうする?」

聞いてきたので、長吉は自身の下を見てみると陰毛に体液がこびり付いて固まっていた。汚れが付く、新町の女が言った言葉に納得した。女なら尚のことだろう。

女も、下を目ざとく見つけて、

「いや、よっさん。毛に固まってまっせ。元気やな。何して来たん?」

無視して、答えた。

「流してくれ」

バサバサと湯をかけて手際よく洗ってくれた。

「髭は剃るん?」

とまた聞いてきた。

「ああ」

少し、うるさそうに返事をしたら、敏感な女だ。

「面倒《めんど》くさいん。頭もついでに剃ったろか？」

町人の頭の月代《さかやき》は、町内の住人の管理も含め町代が髪結い髪剃りをするところが多い。

毎日必要なことは料金も数文と手ごろにしてある。衛生面も考えて庶民が使いやすいようにと、風呂と剃りは安かった。長吉は役人村の者であるから月代を自分たちで剃っている。髭と同じくらいに直ぐに伸びて来るので、ほぼ毎日のように剃らなくてはならない。こちらの方が、面倒くさかった。

「頭とついでに下の毛も、頼むわ」

「何言うてんの？　酔っぱらってのと違う」

女が呆れて言葉を吐いた。

「いや、さっきみたいにいらんものが、付かんようにしときたい」

新町の女の恥部を、また思い浮かべたが、この女にはわからないことだ。

「うち、ほんまに剃るで」

気が強い。

「ああ、かめへん」

「何《なん》か、あったん」

「別に」

風呂から上がると、女が付いてきて体を拭いてくれた。

「ああ、さっぱりした」

酔いもすっかり抜けた気分だ。

「どうや、すっきりして、若返ったやろ。お前も剃ってみたら」

下の毛の無いことを自慢してみせた。

「あんただけ、勝手にしとき」

里子は長吉のそれをまじまじと見て、

「うちはそんなん、ええわ。ほんまに、恥ずかしないいん」

「人に見せびらかすとこでもあるまいし、別に気にせえへん」

「あんた、もう今日することないやろから。家に帰って、早よ寝えや」

湯女の仕事はここまでで、済ませてきたことが分かったのだろう、そう言った。

今日の長吉は、二階に上がって別のことをする客ではもうなかった。

当然、二階で行為を行うと別料金が追加される。

外は最早、夜の闇に包まれていた。

高提灯に燈《ひ》が灯《とも》され夜なお明るい大坂の不夜城が始まっていた。

三、大坂城京橋口東町奉行所長吏詰所

翌日、長吉は千日寺から大坂城追手門前の東町奉行所へ向かった。

大坂町奉行所は東西に二つあって、隔月で当番が決められていた。今月は西町奉行所が当番なので、東町奉行所は非番であった。非番だからこそ、東町奉行所盗賊改め役与力大塩平八郎が長吉を呼び付けたのだ。〝猿〟の風聞集めだ。

当番月の翌月に何か行動を起こす場合は特に非番月に呼び付けられることが多い。


東町奉行所に着くと、表門の門番に役人村の割符と書付を渡して、

『与力大塩平八郎様使いの者で、長吏役人村から報告に来たので取り継いで欲しい』

と面会を申し出た。

表門右手にある一間半四方の小屋が長吏詰所なので、そこでしばらく待つように言われた。入口の戸と、格子窓があるだけの木造の小屋である。中央に面談時の台と木の椅子が置かれてあった。夏には風が無いと暑いし、冬は寒い。

九月のこの時期にしては、風が無く特に今日は暑かった。

長吉は待たされた。

その頃、大塩平八郎は東町奉行高井山城守実徳《さねのり》に呼び止められて、東町奉行所玄関正面にある炉之間に居た。与力同心がいつでも自由に使える用談之間である。そこに、奉行と盗賊改め役吟味方与力が二人っきりで対峙している。

高井山城守実徳、当時の年齢では六十五歳と高齢ながらも奉行を就任して十年近く奉行職を続けていた。その就任期間中に大塩平八郎を、最も信頼のおける部下として取り上げ、重要な任務を遂行させていた。大塩も期待に応え職務を全うし、若くして亡くした父親のように慕っていた。二人は深い絆で結ばれていた。

大塩平八郎、年齢三十五歳。

顔は細長く色白にて、額は大きく開き月代は青く、眉毛は細く薄い。その下の眼は細く釣り上がっている。鼻、耳は特に特徴はなく体つきは中肉中背であった。弁舌は爽やかで尖く突き刺すように鋭く喋る。声はよく通り、聊か甲高く聞いている者の耳に響く。大塩が開く私塾〝洗心洞〟で講義することで更に声に磨きがかかっている。

大塩平八郎は最も信頼する高井山城守と話をする時が楽しかった。少し、上ずった何時もの高くそしてよく通る声を発した。

「御奉行、何用で御座いましょうか」

山城守は、大塩の期待に満ち溢れたその声を聴いて、笑み、

「そろそろ、平八郎の望みが叶えられそうじゃ」

と切り出した。

「と、申されますと？」

唐突な言葉に、流石の大塩も意味が理解出来なかった。

「邪宗門事件も、裁決はまだにしろ平八郎の取調べ改め吟味資料にて、向後江戸評定所預かりと致す赴きとなる。この件についてはこれで江戸表に委ねる事となる。次に前々から、周知の官吏の糾弾を致すことにする。平八郎の説く〝仁義礼智〟の考え、良民弱者の敵を打つことにしたい」

〝仁義礼智〟は、大塩平八郎自身が陽明学の考えを基本として孔孟の考えを加えた独特の思想である。人を思いやる心に、人の不幸を哀れみ悼む心を養い、悪を恥じ、不正を憎み、正義を尊び、長者に礼を尽くし尊び敬う心を養うことにより人を育てるというものである。これに〝知行合一〟の知って行わないことは知らないことと同じで、人が困っていることがわかっているならば救わなければならない。それが実行できるよう常々不動の心を磨くことを、大塩平八郎の自らの鍛錬として生活の中で日夜、これを実践している。

それは真夜中に起き勉学、鍛錬するという異常なまでの生活であった。

この考えが後の、天保八年の大塩の乱となって表れるのである。

今、大塩のこの行動を抑えることができるのは、父のように慕う老齢な東町奉行高井山城守の他には居なかった。

「西の与力弓削の噂が、ここまで大きく広がれば手を打たぬ訳にもいかぬ。奉行所与力が悪の頭領ともならば民意も黙ってはおらぬ、天領を預かるわしと西殿（西町奉行）の責任となろう。飢饉もなく泰平の世がこれだけ続けば、天領の大坂にあって経済が発展し金がありあまり日々の生活が豊かになると、裏長屋の町人までもが如何に質素倹約令を出そうとも箍《たが》は効かぬ」

徳川家斉が十五歳で徳川第十一代将軍に就任し、寛政の改革を経て半世紀に及ぶ将軍職期間は天明の飢饉（一七八二年～一七八七年）後、天保の飢饉（一八三三年～一八三九年）までの五十年間に亘り豊作が続き、家斉の長期政権を大御所時代と呼びその間の文化文政時代を化政文化として元禄文化と対比される泰平の象徴として、一大文化が花を開いていた。人々は笑い庶民達までもが貧しいなりの幸福を味わっていた。

大坂三郷に住むこれらの庶民には無税の特権が与えられていた。

因みに、町人とは町で何らかの商売を行い一定の収入があり納税が課せられている者のことを指し、町代と呼ぶ自分たちの代表を選ぶ選挙権を持つことが出来る者たちのことをいう。庶民とは裏長屋に住み、町人たちが経営する店の手伝いや、職人として雇われて町人から収入を得ている者のことを呼び、町の大半がこの消費者なのである。

商売をする町人たちが小金を持ちだすと更なる欲にかられ、悪の誘惑の罠に嵌り易かった。邪宗門事件などが良い例である。

如何わしい新興宗教で奇跡が起こるだの大儲けができるなどと偽って、庶民の欲という弱みに付け込んで、持ち金や家財産を奪い取り、家族までも犠牲にする者達が多くいた。家族達の困惑が奉行所に提訴され事件が明るみになった。これが邪宗門事件である。

奉行所内の役人の悪行もこれと同じであった。

「良民を守るはずの役人が私利私欲に溺れ、まして良民弱者を甚振《いたぶ》るとは不埒千万、大塩が常々論じておる〝仁義礼智〟に有るまじき行い。大塩そちに任せる、弓削を退治致せ」

高井山城守の長い説明を聞いた後、漸く大塩が口を開いた。

「今からに御座いましょうか？」

「いや、今、西殿（内藤隼人正）と申し合わせを致して居るところじゃ。年明け（文政十二年）の三月頃を弓削の逮捕に充てたい。その頃に隼人正殿には江戸参府願うことになる。その後にする」

「西町御奉行様が御退任されるということでしょうか？」

「これから、その準備に取りかかる。これについては、他言は無用、おぬしとの内密である。大塩には先ず、弓削に加担する悪党を一人ずつ絡めとり、弓削が頭領であることを吐かせよ。弓削に加担する不届き者の与力同心の心と奉行所内の秩序を、今一度見直すことに致す。根こそぎ、一網打尽に致すので、捕縛者は生け捕りにして牢屋敷にて徹底した取調べを行い吐かせよ。牢舎が不足するなら新たな場所をこさえればよい」

「先ずは、巷の風聞で名のある者から捕縛致しまする。本日、市中に放してあります〝猿〟がそろそろ参る頃合い、その者に手筈致しまする」

大塩が返答した頃合いを計ったかのように、炉之間の襖の前から、

「大塩様、表に長吉なる者が、御面会を申し伝えて欲しいとのこと。長吏詰所に待たせておりますが、如何致しましょう」

門番らしき者の声があった。

東町奉行高井山城守が、

「来たか、行ってやれ」

大塩に指図《さしず》した。


門番に申し出てから半時ほど経っていた。

長吏詰所の戸が開いて大塩平八郎が一人で入ってきた。

「長吉、暑い中待たせてすまぬ」

大塩独特のよく通る高い声を発した。

「とんでも御座いませぬ。お忙しい中を御呼び立て申し上げて、恐縮致します」

「早速じゃが、風聞報告の前に、邪宗門一味は去年京阪に及んだ三婆及びその手先並びに一族、関係者の捕縛で松屋町牢屋敷に入牢させた数は凡そ八百人程となった。先だっては模倣犯か知らぬが、同じような名前を騙り竹内貢やらと申し〝我が真の頭領〟などと世間を混乱せしめたが、これを捕縛した。入牢者は増すばかり、これに弓削一件の関係者の捕縛も併せて、入牢を一度に致せば間違いなく牢屋敷が悪の巣窟となってしまう。悪党を同じ牢屋に置かせると何をやり出さ

ぬとも限らぬ」

大坂牢屋敷では、建物毎に区別して収監しているが邪宗門事件の逮捕者だけでも相当数におよび、その他の通常で起こる町中の犯罪者も収容している。大坂三郷は三十七万人の人口を擁する大都会で起こる事件、犯罪も日々多かった。

「長期の入牢によって、過酷な拷問や体力のない者は獄死に至るものも多々。遺骸と病人は、いったん瓦屋町の高原溜りに預け置くので、一度役人村とも相談したい」

上町台地の西側には瓦工場が多々あり、町屋敷や大坂城、神社仏閣の屋根に使われる瓦の生産工場で全国に大坂から輸出される生産品であった。

瓦の生産は、徳川幕府草創期から徳川家に使える御用三町人のひとり寺島藤右衛門が率いる一統の仕事で瓦屋町にあった。その一角に、身元不明の遺体や牢屋敷で獄死した採決前の遺骸の保管、行き倒れ、引取り手のない病人の隔離場所として作られたところを高原溜りと呼んでいる。ここは、四か所の共有の管轄場所なのである。

「牢屋敷の入牢者が結託せぬよう分かちたい。但し、頭領の豊田貢のごとく個別にて隔離して入牢せしめている者や揚げ牢は据置く」

揚げ牢は武家や高貴な犯罪者用の牢舎である。

また、邪宗門専用の女邪宗門牢や男邪宗門牢が新しく造られていた。大塩は鋭い口調で、口早に話を繰り出した。

大塩が先に喋ったことは、邪宗門事件で大量の捕縛者が出て大坂牢屋敷が手狭になり、収監者の整理をしたいので役人村へ協力を求めるということだ。

追って、大坂の刑場四か所にある役人村頭に伝えるという事前の口達《こうたつ》である。

大坂の刑場四か所とは、千日、南の鳶田、木津川沿い三軒家葦島の月正島、北の野江である。

役人村は千日寺、鳶田谷、天満山、天王寺で、別格に村というよりも町の体をなす渡辺があり、処刑には夫々の最寄りの村が受け持つことになっていた。

天王寺村は四天王寺建立期から身寄りのない孤児や捨て子を受け入れる施設があった。

これらの役人村が、町奉行所の直属の部隊で、町毎にある木戸番、豪商付きの警護番、捕手の手勢、磔処刑、獄門の執行、心中、行き倒れ、変死体や牛馬の処理そして町火消とは別に、町奉行直下の消防隊まで担っていた。他に、事件などの〝猿〟による諜報活動があった。

大坂三郷住民とは別に、町を守るために重要な役割を持つ者達を役人村から得ていた。

戦国時代から徳川政権に移り変わったとき、特に最後の国内最大の戦い〝大坂の変〟で敗北した豊臣家に加担した浪人や、関ヶ原の合戦で敗北改易された西方として戦った武将達の家臣や部下たちは、乱波や盗賊化して町を襲って暴れたため、それを鎮火させるため特に幕府直轄支配下にある天領の護衛を担わせ、町の外れに垣外といわれる役人村を作り、町の護衛としてそこに住まわせた。

各村には長吏が一人で、その下に七人の頭が置かれ、配下に〝若き者〟がいた。

その〝若き者〟の下に弟子が居て一つの組織が構成されていた。

長吏には補佐役として〝年寄り〟を置くことが出来た。また、奉行所から捕縛の手に使われる手慣れの者達や豪商の守衛は若き者の弟子から選ばれる。

町の木戸門番や引き回し火消しなど奉行所直下の職務はこの組織以外の者が就くことになる。従って、前に書いた職務を必然とこなせる武術鍛錬に長けていたのでこれらの職務が与えられたことが窺われる。

大坂町奉行所から渡辺と四か所の役人村にその警護費が毎年支払われていた。

長吉の先祖も大坂の変か関ヶ原で離散した豊臣恩恵の大坂方の武士の流れを受継いでいると聞かされていた。

大塩が冷静に、長吉に聞いた。

「去年は豊田貢を頭とした邪宗門の一味を成敗してくれた。今年には弓削一統と良民を苦しめる極悪人共の成敗を行う。長吉にはまず、この関係者の風聞探索で逮捕できるよう証拠を入手して現場を取り押さえられるように努めて欲しい。今の風聞探索ではどの程度まで集められておるのか？」

「市中に、隈《くま》なく諜報しておりますが、仲間からの情報を合わせますと、千日寺と鳶田谷の長吏頭と土佐堀の葉村屋と新町の八百新は契りを結び賭博にて悪行を働いているとのこと。これに弓削の息のかかった与力同心が加担しているものとの事でございます。その現場を直に目撃して、後は盗賊改め方に如何に捕縛時期のころ合いが報告できるかが肝要かと思われます。万が一、気取られますと捕り逃す事に相為り兼ねまする」

「一人ずつで構わぬ。一人捕縛できれば必ずそれに他が連なっていることが吟味で明白になろう。長吉、ことは慎重に取り掛かれ」

以前に一度、役人村の〝猿〟の情報がもれ、捕縛者を取り逃がしたことがあったが、その時の大塩は烈火のごとく、その〝猿〟を叱責したことを村で長吉も聞き及んでいる。大塩に失敗は許されない。

「弓削に加担する者は、西の与力、同心と堺奉行所の奉行にまで及んでおります。これには御役人様を含め、町商人、役人村の長吏、僧侶までが関わってございます」

「僧侶には前々から、触れにて知らしめておるが。どうも、手緩いようじゃ。大きな灸でも据えねば懲りぬと見えるな。悪事を企てるは凡人だけに限らぬということよ。聖職に身を置きながら、良民を戒める事が仕事のはずが、やることは良民を食い物にし、良民の考えにも及ばぬ悪行の限り、身なりは違えども所詮は人がやること。極悪町人も役人も長吏も僧侶も悪事を働くことに大して変わらぬ！」

癇癪症の大塩が蟀谷《こめかみ》に青筋を立てた。

正義を重んじ、不正を許さぬ大塩の持論で気持ちが沸騰している。

「この僧侶どもには、追って、わしが直に灸を据えよう。まともな寺院は大寺か悟りを開いた老齢な僧侶しかおらぬ寺に限る。この風聞も抜かりなく集めておけ。弓削一件が収まるころには俺がきっと糾して見せる。僧侶は後にして、弓削との繋がりのある千日の吉五郎は長吉とは同じ村の頭、おぬしが一番見知りおろう。仲間と申し合わせして、この者の動きをよく見はれ。先ずはこの者から手始めに取り押さえることが出来ないものか？　おぬしの人相絵で与力同心も見知り置き致して居るが、市中に侵入する際には、変装化粧をして元の顔にあらず。本人であるかの見定めが極めて困難である。抜かりなく、真相の手がかりを見つけ出してくれ」

大塩は話を変えて、長吉に聞いた。

「ところで、長吉の出は武士か？　親から聞かされてはおらぬのか」

「はて、聞いてはおりませぬ。定かではございませぬが、豊家に加担の残党浪人の果てかも知れませぬ。親からの武術鍛錬と、この言葉付きに関係があるやも知れません」

「その言葉付ならば、大坂ではないな？　では、その身を転じたくはないか。おぬしが学問を身に着けてくれれば、士分に取り立てよう」

「はあっ」

「長吉、おぬしが良ければ、洗心洞に来てわしの講義を聞かぬか。役人村からも、幾人か通いの塾生がいる。わしの塾では町人も農民も問わぬ」

「長吉め〝猿〟にございます。町人や農民が怪訝に思いまする」

長吉も、大塩の性格や自宅内洗心洞の噂を聞き及んでいる。大塩の塾生になりたいとまでは思ってもいない。

「素性を明かす必要もあるまい。その気になれば、いつでも天満川崎の四軒屋敷に参れ。千日寺の長吉と名を申せば通してくれるよう申し付けておく」

長吉は、それよりも今の役目を全うできるようにしたい。

「あっ、それと、金に不充しておらぬか？　大塩の手の者が良からぬことに手を染めてもらう訳には参らぬでな」

「長吉めは、町人を名乗っております上、手に職を持つ身、いくらかの収入がございます。御心配御無用かと存じ上げます」

「左様か、ならば構わぬが、何かと役目柄物入りかと思うが、必要なときは必ず拙者に申し出てくれ。如何ようにでも用立て致す。遠慮はいらぬ」

大塩様の話を一通り聞いてその場を辞した。

この後、長吉は東町奉行所横にある御塩噌《ごえんそ》御舂屋《おつきや》（幕府有事時の塩味噌保管蔵）の前で天満の新八と会うことにしている。

四、東長堀川本町橋詰め西町奉行所

もう一つの奉行所、西町奉行所は東横堀川本町橋東北詰めにある。

こちらの奉行は内藤隼人正矩佳《のりとも》、西町奉行に就任するのは東町奉行高井山城守より少しあとで、こちらもすでに十年近く奉行職を務めていた。


自身の直属の最古参与力弓削新右衛門のことは、今となっては大きな問題となっていた。就任直後からの話であるが最古参与力に牛耳られて何一つ口を挟む余地がなかった。

奉行に新しく就任すると大坂の町の風習や習慣及び城代や代官、主立つ豪商などとの付き合い方や顔見せ、近郊への城代との巡見など対外的な指導教育を御用三町人が行う事になっている。

だが、奉行所内の仕来たり作法は、内藤隼人正が就任する前々の奉行からの慣習で、古参与力が新任奉行に教えることが慣わしになっていた。

奉行所では、それを変えることが出来ずに放置されてきた。

西町奉行所の特に古参の与力同心達は弓削に従っていた。


内藤隼人正は非番月のある日、奉行所奥にある中庭に面した御用談之間に西町奉行所内では新参の内山彦次郎を、招き入れ話をしていた。

内藤は古参与力同心には見限りを付けて、この頃では新人与力の内山彦次郎を盗賊改め方に抜擢していた。

「彦次郎、弓削には極秘にておぬしに弓削の素行を見張って貰っているが、如何か？」

「残念ながら、巷での風聞はみな真実に御座います。私の手の〝猿〟に風聞を探索させましたところ、無実の良民を追放した挙句にその女房が美貌なるところ自身の女にした後、妾の親と言う新町の揚屋八百新なる者に遊女として売り飛ばしましたとか。この手の話が多々あります。この新町の八百屋新右衛門と長吏頭の天満山作兵衛と兄弟の契りを交わしております。また、この作兵衛は同じく役人村の千日寺の吉五郎、鳶田谷の久右衛門とも兄弟の契りを交わしているとのこと。作兵衛、吉五郎、久右衛門を三兄弟と申しております」

「このようなことが判っておりながら、何故に手が下せぬのじゃ」

内藤隼人正は人の好い性格なのか、小太りで下膨れの容姿で、育ちの良さが、老練な古参与力にとって打って付けの上司であった。自身の不手際をなげいた。

内藤は憔悴しきっていた。

「東殿に相談致しては居るが、弓削をここまで許したのも余が責任……」

「弓削殿には、他に取り巻きの古参与力同心が味方し事の真実を包み隠しております」

「真実は露顕できぬと言うことなのか？　余の進退に係わる。ことが事だけに御上の汚名になることだけは避けねばならぬ。東では大塩に任される事になるが、彦次郎、当方では内部の情報を逐次わしに伝えてくれまいか」

この内山彦次郎は、後の幕末の大坂で討幕派の天誅を受けた最初の人物として有名である。天誅の理由が、大塩の乱後に直接でないにしろ大塩捕縛の命を受けた行動をしている。大塩と内山は任務した東西奉行所に違いがあるが、一時期西町奉行新見伊賀守正路が一人奉行だった時に奉行所内の大人事異動を慣行した。このときに互いに面識があったと思われる。後の天保八年の大塩の乱では逃亡先で自爆した大塩平八郎を直に知る唯一の人材として探索方を任され遺骸の見分を行っている。


さて、場所が変わって、ここは大川の北側にある天満組の天満与力町弓削新右衛門屋敷。

一人の町人が非番の与力弓削の屋敷に呼びつけられていた。部屋には弓削と同僚の与力と同心が同席している。

「与力様、お取調べならば御奉行所へお呼び頂くのが筋。本日はどのような御用件にて杵屋長兵衛をお呼び立てで御座いましょうか？」

杵屋は唐物問屋仲間で唐渡りの陶器を扱いそれなりの財を成していた。

弓削新右衛門が、にやりと笑って、

「杵屋、しらばっくれるな。唐物商の唐屋仁右衛門より訴状を受け取っておる。唐渡の假玉《かぎょく》の青磁の瓶を知りおろう」

杵屋長兵衛と唐屋仁右衛門はともに唐物問屋仲間で、最近になって杵屋は唐屋から唐時代の高価な假玉の青磁の瓶を貸したものが『割られていた』又は『壊された』と言い掛かりをつけられていた。

「あれは、もともと問屋仲間の茶会に青磁の瓶に花を活けたら席も際立つと、唐屋が持ち出した話で、私どもは貴重で高価な瓶に万が一のことがあってはならぬと、深く辞退を申し上げたのでございますが。唐屋は達てにと当家に持ち込み、箱を開けてみますと瓶は真っ二つに割れており、それが、私どもが壊したと難題を申して困っておりました」

「それは、拙者が聴きおる話と随分と異なることだが、改めは常に平等なることが大切じゃ。慎重なる取調べが必要となろう。唐屋の申し分では、茶会に瓶を貸して欲しいと申し入れたのは杵屋で高価な品ゆえ、くれぐれも丁寧な扱いをして欲しいと申し伝えたにも拘わらず、真っ二つに割れたものを一言の挨拶もなく返されたうえ、知らぬ存ぜぬと白を切られ、余りにも目に余る仕打ちに訴訟も考えたが仲間うち故、恩情からわしに相談を持ち掛けてきた次第じゃ。お互いに、少しは名のある商人ゆえ弁償しろとは申すまいが、真のことを申し聞かせて欲しいとの殊勝な訴えじゃ」

「そ、それは余りの作り話、まったく違いまする。割れたあと、幾度となくやくざな者を店に向かわせ、言い掛かりをつけ無理難題をふっかけ、店先で大声を叫ばれて他のお客様も近寄れぬほどに、これはまさに恐喝にて御座います」

「杵屋、わしがこれほど申して居ることを納得できぬと申すのじゃな。殊勝な唐屋に比べ、杵屋は言い訳がましい言い分ばかし。わしを納得させるような言い分はいっこうにないと申すのじゃな。この不届き者！」

弓削新右衛門は杵屋を恫喝した。

「それは、余りにも一方的なお話。御無体な、私どものお話もお聞き届けください」

「何を、奉行所ならばとうに罪を申し渡されているところを拙者の恩情をもって、自宅にて諭してやろうと申すに、恩を仇で返すつもりか！」

新右衛門得意の恫喝である。

「この期に及んでの、開き直りは西町筆頭与力を見下すも甚だしきこと。もはや一分の恩情の余地も無し、もはや許さぬ。極刑をもって大坂三郷処払いにて、お主の財産一切を没収と致す」

「こ、これは御奉行所の御裁決でございましょうか？」

「馬鹿者、西町奉行所では、この弓削が御奉行様の代わりよ、わしが決めたことは、すなわち御奉行様の御言葉よ、思い知れ！」

「そ、それは、あんまりな……」

弱者を権力の笠を着て、思いのままに処罰し依頼主から暴利を貪った。

弓削のこの手の話は日常茶飯の事であった。

弓削に加担する与力、同心達は黙ってほくそ笑んでいた。

西奉行所では弓削が牛耳り、このような私利私欲で採決が下され賄賂が当たり前のように横行していた。東町奉行所でも、高井山城守や大塩の手前、公然とは行えないが謝礼として金品を受け取ることが当たり前で、みな私腹が肥やせると内心喜んだ。

一方、長吉は大坂城京橋口の東町奉行所を出た後、奉行所近くにある御塩噌御春屋へ向かった。前には糴米蔵（飢饉時の糴保管蔵）があり、ここを待ち合わせ場所にしていた。

大坂三郷には江戸時代における度重なる大飢饉に備えて難波の御米蔵、川崎の御米蔵とこの京橋口の糴米蔵を合わせて三大米蔵に十年以上に亘る備蓄米を備えていた。御塩噌御春屋はこれも西日本の防備のため大坂城に駐屯する幕府軍が、有事の際の緊急食糧蔵として塩と味噌を保管する場所であった。

前から、女を引き連れて天満の新八がやって来た。

背が高いので一目で分かる。

新八は中々、男前である。

長身で細面、端正な顔立ちは女を魅了してやまない。もって生まれた天分だ。

本人も自分の特長を良く知っていて、女はもっぱら町娘を好み、玄人娼婦は相手にしない。遊び人と言う風体が良く似合う男だ。女の方から不思議と寄って来る。この男にならば、遊ばれてみたいと女ごころを刺激する何かを持っているのだろう。

この男も、役人村の〝猿〟なのだ。

千日寺の長吉と、鳶田谷の太鼓持ち左之助とこの新八は、大塩子飼いの猿で、市中の風聞集めや諜報探索の指令を受けている。互いに、このようにして落ち合うのだ。

頃合いは昼五ツ頃にしていたので、奉行所詰所で待たされた分丁度の頃合いになった。

縦縞柄の着物を鯔背《いなせ》に着こなしている。

長吉を見つけた。

「よう、長吉。悪いがこの女と一寸用が出来てしまった。これから、北の茶屋へ行かねばならぬことになった。夕刻までには終わる。夕刻に島之内のお前の行き付けの店で落ち合うことにしてくれんか？　店を決めてくれ」

長吉は、勝手にしろと思いながら言った。

「では、道頓堀の芝居茶屋の東外れに〝姫屋〟と言う居酒屋がある。そこに来てくれ。時刻は暮れ六つでどうだ」

「すまん、借りは返す」

新八は横の女に片目を瞑《つむ》って合図した。


猿は決めた時間通りに行動する。今日の新八のようにどのようなことがあっても時間通りに現れるのだ。このようなことになっても、時刻を破るようなことは決してしない。我々の習慣としている事であり命に関わるようなことも起こるからである。


九月の夕刻は日の沈む時刻が早くなりだしていた。暮れ七つはもうすっかり闇夜だ。

しかし、道頓堀は新町遊郭と同じく幕府公認の印を得た芝居小屋五座が連座し、芝居小屋一面に飾られた役者絵が煌々とした明りに照らし出され大坂の夜は始まったばかりであった。夕刻、長吉は居酒屋〝姫屋〟に行って新八を待った。

姫屋の女将が言った。

「長吉さん、今日は誰かと待ち合わせ？」

先に酒を頼んで、根菜の煮つけを肴に飲んでいる。

居酒屋の女将と言っても三十歳を少し超えた程度でまだ独身ということだ。名前は絵美と言う。八尾村から十六歳のときに奉公に来て、島之内に住んでいると本人が言っている。手伝いにもう二、三人雇っているが、男は使い難いと女にしている。手伝いは日替わりで一人来るようだ。今日は、四十歳を越しているが若いときはかなりの美人だったようで君枝という女房が手伝いに来ている。女だけの店で美人が揃っているので、長吉を含めた客が引き付けられるところなのだろう。店は小さく真ん中が仕切られ、そこが飲み台で丸太に座布団が載されただけの椅子がある。

「ああ、天満から男が一人来る」

「天満やったら、帰り遠《とお》ない？」

「遅なったら、駕籠を呼んで帰すから、気を遣わなくってええよ」

世間話をしながら時間を潰していると、新八が遣って来た。

小さな店には不釣り合いな長身である。

「長吉、初めて来てみた店やが、お前、良い店を知っているな」

男前はお世辞もうまい。最初に店を褒めた。

「おおきに」

透かさず、女将も言葉を返した。

「これは居酒屋にしては女将が若くて美人や、人妻か？」

「わたし、ひとり身よ」

「良かった」

何が良かったのかわからないが、さすがだと思った。

「今日は、俺が昼の約束の時間を破った分、俺の奢《おご》りにするから、長吉これで許してくれ。女将もそちらのお姉さんも遠慮なく遣ってくれ」

奥の手伝いの女にも声をかけた。

「いいのか、じゃ遠慮なく御馳走になろう。みんな飲ませてもらいや」

女将に薦めた。

「新八と言う。覚えてやってくれ」

女将に紹介した。

「背の高い人やね」


あれこれ喋っているうちに客が入りだし、二人の話が中心となった。

二人は、声を抑えて周りの声に翳《かす》む様に話し合った。

「千日寺の吉五郎と鳶田谷の清八（又の名を、久右衛門）は兄弟の契りを結んでいるが、天満山の作兵衛は弓削と通じているらしい。この作兵衛が今度は千日寺吉兵衛と鳶田谷清八と契りを交わし、この三人で三兄弟が出来たと浮かれている。これに、弓削の妾の親である新町の揚屋八百屋新右兵衛と土佐堀の置屋葉村屋喜八が加わり、これに八百新が作兵衛と契りを結ぶことになれば弓削との繫がりが増々深くなる」

「天満山の作兵衛はやはりそうか」

「四か所の連絡が増々、これで取りやすくなると言うものさ」

「天王寺は別やけどな、四天王寺建立当時からの悲田院やから成立ちが他とは違う」

「大坂四か所の刑場のある村のことやな」

大坂刑場は千日寺、鳶田谷、月正島、野江の四か所にあった。刑場には火葬場と墓場が併設され、それを管理する役人村が近くに置かれている。

「金を持ち慣れん奴が、大金を持つと直ぐに使いたくてたまらなくなるものさ」

「幸いにも大坂市中には三十三箇所の色町があるが、このうちのどこに来るかは富籤《とみくじ》を当てるみたいなものや」

「江戸吉原、京島原に並ぶ公許遊郭新町が大坂にはある。江戸の〝粋〟、京の〝雅〟、大坂の〝贅〟には金を持った者ならば、必ず一度は揚がってここで遊んでみたくなるというものよ」

「新町は太鼓持ちの左之助が見張っている」

「千日寺吉五郎が新町に度々現れると聞いている」

「千日寺の頭は長吉が一番知りおろう。お前が見分することになる。大塩様がお持ちの人相絵もお前が描いたものだろう。大塩様も大そうお褒め置きだった。生き写しのようじゃと感心頻りだった」

長吉の特技、千日寺の吉五郎を描いた写実絵が大塩に渡っていた。

「これは、大塩様からのお話じゃ。捕縛の日時は左之助からの報となろう。日時が決まれば奉行所から指令が届く……」

「お二人さんは、ほんとに仲がいいのやね」

手伝いの女君枝が、酒がなくなっているのに気が付いて仲を割って入った。

長吉と新八は夢中で話をしていたので顔を見合わせた。小さな声で話し合っていたので話の内容は聞き取られないはずだ。

「お酒、入れましょうか？」

「二本」

指を二本立てた。ついでに、新八は女の顔を見て、

「この店はみんな美人ばかりやな」

と、また褒めた。

「ほほっ」

女は淑やかに笑った。新八は続けて、

「お姉さん、何時《いつ》帰るの？　一緒に帰ろ、送るわ」

所帯持ちの歳のわりに若く見える。女将と姉妹とよく間違われると言う。

「わたしの家、すぐそこよ。大きな子供も居るのだけど」

「あっ、じゃ、女将は？　何時《いつ》店閉めるの、家まで送るわ」

新八は酔っぱらっているわけではない。女を見たらこのように口説く。


丁度良い時刻になったので、二人で店を出た。

「どうする、駕籠でも拾うか？」

「いや、堀川の船に乗せてもらう」

芝居小屋茶屋の東端は東横堀川に近い。

「堀端を歩いているうちに大川に向かう船を見付けたら、乗せてもらうよ。八軒屋付近で下してもらうから」

もう、この辺に来ると不夜の大坂の光も薄くなる。闇夜が深い。

ぶらぶらと二人で歩きながら、新八が闇夜の空を見ながら言った。

「なあ、長吉。お前はなぜ猿を遣《や》っている」

「大塩様が選んでくれたから、遣《つか》ってもらっている」

「大塩様の正義の手先として働いているってことか？」

続けて新八が言った。

「正義ってなんだ？　大塩様は陽明学を極め世にある弱者を救うため邪宗門を退治され、今も、良民弱者を苦しめる官吏を懲らしめようとされている。俺たちは大塩様にその姦悪な官吏や長吏、悪徳町人の正体を暴き、風聞を探索し町中の情報を伝え捕縛の手助けをしている。これが正義なのか？」

長吉が答えた。

「俺は、正義を本当に自らの体を擲《なげう》って遣ろうとしているのは大塩様の他には誰もいないと思う」

「ならば、大塩様が死んだら終わりだぜ。大塩様の代わりが出来る人間なんて、この世の中には他は居ない。長吉、お前なら出来るか？　俺には無理だ」

新八が続けて言う。

「猿は、同じ奉行所の手先でも目明しとは違う。奴らは磨かれた十手を見せびらかせて同心の手下を遣っていることを公然と威張って居やがる。猿は奉行所の手先でも、誰にも分からぬ存在でなければならぬ。庶民の社会を〝表〟と言うならば、やくざ渡世の者達の社会を〝裏〟と呼ぶ。俺達猿の世界はこの天上の闇夜のようなものさ」

新八は夜空を見上げて言った。

「長吉、わかるか？　猿は決して人目に知れてはならぬ存在なのだ。俺たちが働ける世界は闇の中だけなのさ、俺たちが遣っていることは、その闇の中の猿なのだ」

続けて、新八が言う。

「町人姿でいる俺達の正体が露顕《ば》れれば人ではなくなり、間違いなく〝猿〟にされるよ。大塩様の手先の俺たちはまだ正義の為と言えるが、他の猿はそうでもない。みんなにはこの違いはわからぬ。奉行所のために働く俺達だが間違いなく猿は町に住む人々からは嫌われる存在なのだ。名高い色町新町も悪所と言われ、そこで働く娼婦《おんな》は格式高い太夫も端女郎もみんな同じ悪女と呼ばれ悪者にされてしまう。それと似たようなものだ。何が良くて、何が悪なのか俺には判断が付かぬ」

長吉が、言う。

「目明しは〝犬〟と呼ばれているが、決して良い呼び名とは思わない。だから〝猿〟が良いと言うわけではないが、俺たちがやる町の風聞集めや諜報活動はその悪の真実を暴くため。後ろめたい奴らや悪い奴らほど、探られては困ることを暴く俺たちのことをさぞかし恨み憎しむことだろうな。俺は大塩様のやっていることを素晴らしいことだと思っている。だが、大塩様から洗心洞で学問を学ぶよう誘われたが遠慮した。俺は情報を伝えるだけにしておきたい」

「その選択は正しい。俺は、大塩様と話をすると頭が痛くなる」

「左之助も同じことを言っていた」

「長吉、大塩様に従っていると、お前の先祖は侍、猿を遣っていると手柄を立てれば、取り立てられて役人村からでも士分になれる」

「侍になりたいなんて言っていないよ。戦国時代でもあるまいし、今の武士はただの役人にしか過ぎぬ。何かやらかせば直ぐに腹を切らなければならないし、いいことは何一つない。だから悪の手に染まらなくてはならないのと違うか」

文化文政時代は戦国乱世の世から、徳川幕府が天下を治めて二百年になろうとしていた。世界でも類を見ない、一政権が戦争のない泰平の世を築き、二世紀に渡りその平和を続けていた。戦国時代の武士は役人であり戦を職業にする軍人でもあった。だが、今は大坂城に駐屯する西日本防備の幕府軍も、その兵士一人ひとりに戦闘の経験はなく兵役として赴任しているだけであった。

「今日は酒がよく回った。まあ、取り敢えずは大塩様がおられる間は正義の為にお力になれるよう役目を全うしよう。お互い猿の正体を露顕されぬようにな」

酒が回るほどに今日の新八はよく喋った。そして、猿を語った。

「新八、同じ猿でもお前は目立つ容姿に遊び人。女に良く持てて好きなことを遣っている。同じ猿なら、お前のような男に生まれたかった。頭も良く顔も……」

「目立たぬばかりが猿じゃない、人の思い込みの裏を画いている猿もいると言うことさ。お前だって結構、遣りたいことを遣っているじゃないか。人生、悔いの無いように生きよう。男は外見じゃないよ、中身だ。長吉こそ、いい男だよ。じゃ、また会おう」

夜分に東横堀川を北に向かって竿を入れる茶船を見つけたので、新八は呼び止めて船に乗せてもらった。


役人村から、姿を変えて町にやって来る者は多い。

木戸番、豪商の警護、物売り、罪人の市中引き回し、処刑執行、行倒れなど人の遺骸、牛馬の死骸の引取り、捕り物の加勢、火事の火消しなどの日常の町の護衛清掃の他、そのうちの若き者が猿として町中に放たれ情報を探っていることは庶民にまで知れ渡っている事実だった。逆に町人が村へ出向くことは稀にしかない。

お互いの身分を髪型や衣服で見分ける制度御法度があったが、この時にはほとんど形骸化され見かけでは殆どわからない状態であった。

必然と、町人と役人村との交流がないため、役目柄頭や若き者の顔を知られることはなかった。従って役人村の者でも、町で働けば見分けは付かないのである。その分、市中に溶け込む猿の存在は町人たちにとって奉行所の手先として怖い存在として警戒された。

このようにして庶民からは役人村の人々を特異な目で見る習慣が根付いていった。

文政十一年十月初旬、太鼓持ちの左之助から新町揚屋〝八百新〟に千日寺の吉五郎が揚がる日時が東町奉行所の大塩平八郎の元に届いた。

長吉たちは五日に一度程度、東町奉行所前の長吏詰所に顔を出して、情報の交換を行っている。奉行所から役人村に直接指示が来る場合はよほどの緊急事態の場合しかない。

猿同士がここで会うことはない。奉行所同心の使いの者が現れ情報をくれる。大塩に直答する場合は申し出て会うが、直接話を聞いてもらえるのは奉行所の中でも大塩ぐらいしかいない。当然、長吉たちの姿はその都度変わる。

左之助からの情報が同心の使いの者から聞かされた。

五、新町遊郭内九軒町　大捕り物

長吉は、今日新町遊郭に千日寺の吉五郎が入ると、太鼓持ちの左之助からの情報を知らされ、指示された通りの行動をとった。

長吉は遊郭の客を装い、以前に来た例の端女郎屋に入ることにしている。

この前来た時から、もうひと月は経っている。

同じ場所に来るならもう一度あの女に会いたくなって、三日前に今日来ることを伝えに来ている。

三日前に来た時も、表の見世部屋に美花の姿はなかった。

内心、もう店をやめたのだろうか？　と考えながら、上がり框に座っていたやり手婆さんに聞いた。

「まだ、美花という娼妓《おんな》は居るか？」

「居りますけど、今客が付いたばっかりで、ちょっと待ってもらわなあかんけどよろしいか？揚がって待ちなはるか」

「いや、今日はええ。来ない日があるから来る日を伝えに来てくれと聞いている。三日後の昼に来るよって、伝えて欲しい」

「ちょっと待ってや、都合聞いて来たるよって」

聞きに行ってくれた。直ぐに戻ってきて、

「三日後は丁度来る日やさかい、良《え》え言《ゆ》うてましたで。せやけど、見世に揚がったら、他の客が付くかもしれんけど、かめへんやろか」

「ああ、かめへん。その時は待たせてもらうけど、かめへんか?」

「そらもう、よろしいで。按配《あんばい》しといて上げますよって、必ず来たってや」

「ああ、必ず来る。覚えていてくれると思うが長吉と言う名前やと言っといてくれ」


そして、今日、その時刻の昼九つにやって来た。

今日も朝風呂に入って来たが、もう、十月は少し肌寒い季節になっていた。

店の見世部屋に今日も美花の姿がなかった。

上がり框に居るやり手婆さんに聞いた。

「美花は?」

「あっ、あんたはこの前来てくれてはったなぁ。あの娼妓《こ》にはちゃんと伝えてはいますけど、ついさっき先に客が付いてしもてな、堪忍やで」

「いいよ、じゃ、待たせてもらうから」

贔屓の客がだいぶ付いているようだ。

この前と同じ、二階の待ち部屋に通された。

「待つから先に、酒をくれないか？」

「揚がってからやったら料金に含めるけど、先やったら前金で五十文頂くことにしてますのやけど、それでよろしいか？」

「けちなこと言わずに後で一緒にしろ」

しぶしぶ酒を持って来て、一人で手酌は何だからと言って、婆さんが酌をしてくれた。

結局、半刻ほど待たされた。


「すみません。別のお客が付いてしもて……」

待ち部屋から、別の自分の部屋に案内してくれた。

「ここが、私の部屋」

前の部屋と違った。

「俺を覚えている？」

名前を憶えていなかったら持って来ているものを渡さないと決めていた。来ることは聞いていたようだが、婆さんから名前まで聞いていないらしく、記憶をたどっているようだった。下目遣いに長吉を見ながら、

「ち、長吉さん……でした」

「覚えていてくれたか？」

「なんとか……」

前と同じ独特の笑顔を見せてくれた。


時間を決めなければならない。

約束の時間まで一刻はあるので線香三本と張りこんだ。

やり手婆さんに金を支払うと、美花は用意してくると一旦部屋を出た。

暫くして、新しい酒と猪口を持って戻ってきた。

「結構、人気者やな。客が多いほど良《い》いことやないか。儲けが上がるし」

「最近は、お店に揚がってなくても先に日にちを決めていってくれる人が多いから、そこはよくなりました。でも、自分の都合で来れなくて……」

「いそがしいのか」

「他のこともあるし……」

「慣れたか?」

「まだ、よう慣れへん……」

無言で顔を横に振った。まだ、この仕事に慣れないようだった。

「絵を描いてみた」

「?」

女は口を開けて〝きょとん〟とした顔をしている。

何のことなのか理解できないらしい。前のことを忘れているのかもしれない。

「これ」

懐に入れていた板を出した。

時に任せて描いた女の絵だ。

女は、板絵を手にして大きな黒目を輝かせて、驚いて言った。

「いや、これ何?」

「南蛮渡りの板絵だ。油に顔料を溶いて画く。油絵という」

文化文政のこの頃にはオランダより西洋画の油絵が到来している。

狩野派などの日本画壇に台頭するように浮世絵版画が量産され庶民の文化に浸透し、もはや庶民たちにも絵を楽しむ習慣が高まっていた。同時にオランダより輸入される西洋文化から洋風画法が日本画にも取り入れられ、西洋画も知られるようになっている。

この西洋画の肖像画や風景画が、日本画にも大きな影響を与えるとともに、それまでの平面的な日本画や浮世絵とは違う、絵に影を付けることにより、単なる写生からより立体的で写実的な表現が生まれつつあった。


長吉もこの道具を使って西洋の肖像画を模して美花を描いた写実画であった。

「浮世絵と全然違う。すごい、鏡見てるみたい……」

「見たままを、絵にしたらこんな風になる」

「うふっ、でもわたしの鼻小さいから、この絵よりもっと小さいと思う」

思ったことを、はっきり言ってくれた。

「そうやな、俺の記憶ではそうだったけど、確かに……」

板絵と本人を見比べてみた。

「見て描けば、もっと瓜二つに描ける」

「じゃ、ここで描けば……」

長吉はいつになくにやりとして、得意げに言った。

「描かせてもらおう」

猿の職業柄、懐紙と矢立を常に持っている。

矢立は墨と墨壺が一つになった携帯筆記用具である。

すらすらと手早く、筆で素描したものを見せた。

「早い、こんなに描けるもの？」

その絵を見て、

「これだけ描かせてもらったら、後は家で仕上げるよ。また、持ってくる」

大塩平八郎からこの写実的な描写力を認められ、オランダから持ち込まれた肖像画と油絵具を与えられて、人相画を描かされることが多かった。

この時代にいた西洋画家司馬江漢の写実画が有名である。

「また描いて持ってくる、それはあげるよ」

「わぁ、貰っていいの？」

更に目を見開いて喜んでくれた。

「でも、ここで貰ったなんて言えないわ」

「そんなこと、言わなくっていい、別のところで知り合った者に描いてもらったことにしといたらいい」

長吉は話題を変えて聞いた。

「どこから来ている」

職業柄ついこんなことを聞いてしまった。

「歩いて来るとこ。時間がないときは駕籠でも来《これ》ることもあるわ」

「娼婦と分かればどこへ連れていかれるかわからぬ」

「駕籠舁きとは、あんまり喋らんようにしています」

「東か、西か」

亭主はどちらの供回りをしているかを聞いてみた。一瞬、女の顔がこわばった。聞かれていることが理解されたのか……。

「意味が分かった？」

「ううん」

いつもの笑顔を作って、首を振った。

「いや、別にもうええ」

長吉は話を打ち切った。賢い女だ。要らないことは口にしなくなっていた。

この女がここへ来ている理由が他にもあるのだろう、深く詮索する事はやめにした。

話を逸らせて、時間を教えてくれた。

「時間もあるし、そろそろ、する?」

今日は自らで着物を脱いで先に全裸になった。相変わらず恥毛がない。

「今日は、もう一つ面白いものを見せよう」

「?」

意味を分かっていない。女は長吉をじっと見ている。

長吉は着物を脱いで下帯を解いて前を見せた。

「ほら」

「あらっ」

「俺も、剃ったよ」

「そんなことして、お風呂屋さんで恥ずかしないの?」

「別に、それよりもすっきりして、気持ちがすっかり若返ったよ」

「うふふ……」

「今日は、違うことしよう」

「教えてくれる」

二人は布団に横たわって、お互いの身体を撫ぜ合い確かめ合った。

絡み合い、そして強く激しく愛し合った。

その後、静粛な時間が経った。全裸のまま、二人で仰向いて横になっている。

女は長吉に寄り添ってきて、

「うふっ、若返った。ええ、言葉やね……」

自分のことを思って言ったのかは判らない。

「俺みたいなことする客はおるか？」

「こんなことしはる人、他にいないわ。みんな、もっと時間も早いし、終わると慌てて帰ってしまいはる」

「そうやろな、絵師でもないと普通は描かないわなぁ。もっとも、描けないしな……。こんな変なこと望む客も居らんわな。稀少な客ということやな」

「うふっ、そうやね」

そう言って、また独特の笑顔を作ってくれた。


「美花ちゃん、上がってや」

下から声が掛かった。

長吉の頭は、この声で切り替わった。次の仕事がある、手早く着物を着た。

「では、また来るから」

そのまま、二人で直ぐに玄関式台まで行った。

やり手婆さんが、

「あんた、もったいないがな、もうちょっと線香残ってるで」

「ああ、わかっている。また来るよ」

美花は柱のかげで頭を下げていた。


昼八つ過ぎ、揚屋〝八百新〟を見張る時刻だ。左之助と待ち合わせている。

店を出ると、横手から声が掛かった。

「長吉、楽しめたかい？」

左之助だ。

「すまん、待ったか」

「太鼓持ちが色町をうろうろしていたって、誰も怪しまない」

「九軒町の揚屋を一通り見て時間をつぶしてきた」

「〝八百新〟で、昼間は手薄と思って安心して、千日寺の吉五郎が太夫を揚げているわ」

高級遊女太夫の一日では昼過ぎ七つ時から暮れ六つ時にかけて、置屋から揚屋まで行列を組んで移動し揚屋に揚がるのが習わしだ。

今日の長吏頭千日寺の吉五郎はお忍びで昼に揚がり人目を忍いでの遊興である。太夫は朝から禿を引き連れ駕籠で運ばれて来ている。

全て、金がものを言う世界ならではの事である。

「大塩様にはお伝えしてある。路地に、我らが役人村より新手の捕り方を二十人ほど分けて潜ませている。大塩様が来られるかどうかはわからぬが、他の盗賊改め役与力様同心様二名で来られることになっている」

「吉五郎は昼過ぎ七つには降りて来るはず。それまで、まだ半刻以上ある。もう少しゆっくりしてもらってもよかったが……」

「それは、もったいないことをしたものだ……」

「そんなことはどうでもよいが、千日寺の吉五郎の顔をよく知るは、同じ村のお前しかおらぬ。奴の顔を見極め見分するのが今日のお前の重要な役目だ」

「長吏頭の、昼日中からの身分をわきまえぬ遊行だけでも不埒千万。お咎めに値する」

「店から出てきたところを絡めとる。ぬかるな！」

時刻は、刻一刻と過ぎていった。

「与力様はどうした。まだ来られぬのか」

長吉は心配して聞いた。

「わからぬ。来なくとも、我々だけでも捕縛する。今日、逃すと次が何時になるかわからぬ」

そうこう、言っているうちに、揚屋〝八百新〟の玄関に人が出てきて一段と騒がしくなっている。

「もうすぐ、出て来る」

玄関の群衆の中に一際派手な衣装に身を包んだ豪商体の男が現れた。

「長吉、奴だ、あの顔に間違いないか」

「身なりは違うが、背格好から見て間違いがない。顔はそばで見分すれば見極めがつく」

それを聞くと左之助は長吉から離れ、道すがりの男に、

「合図の呼子笛を吹け」

と小さな声で声をかけた。この男も捕手の仲間である。

「ぴり、ぴりぴりぴり……」

笛が鳴らされると同時に何事が起こったのかと、通りにいた人々の目がいっせいに笛を吹いた男に注視された。当然、八百新の玄関にいた群衆も振り返った。

合図の声をかけた左之助の姿は笛が鳴らされた瞬間に消えていた。

猿の正体がばれぬよう、その場を去ったのだ。長吉は町人姿でその場に残った。

隠れていた役人村の捕手が一斉に八百新の玄関に覆い被さり、そして、派手な衣装に身を包んだ豪商体の男と同時にその場にいた男数名が取り押さえられていた。

いつ来ていたのか、与力同心数名が供回りを引き連れてその現場に現れていた。長吉はその同心の一人に引き連れられて、現場に来ていた。

その顔にはわからぬよう頭巾が被せられていた。猿は正体がばれてはいけないのだ。

この間に起こった出来事に、その場にいた人々が長吉と左之助を見定めた者は誰も居なかった。

盗賊改め方与力から、

「千日寺吉五郎、身分をわきまえぬ豪奢な行いは不届き千万。その他おぬしの罪状は風聞集めにて明白となっている。当奉行所にて取調べの上、吟味致す。神妙にお縄につけ」

「と、とんでもございませぬ。わたくし目は、播州は赤穂より大坂に出張に来ておりますす赤穂の塩商人田之屋仁左衛門と申すもの。お、お人違いか、濡れ衣でございます」

「おい」

与力は頭巾の長吉を顎で呼んだ。

「この者の顔を見分致せ」

千日寺吉五郎は、村に居る時の姿と異なる容姿に変えている。髪型を町人髷に変え、通常与えられた着物ではない派手な柄の着物に、薄っすらと、公家化粧までして変装をしている。果たして、真の千日寺吉五郎なのか、長吉の人相絵を画くときの記憶と照合した。ほくろの位置や数、あざや痘痕まで記憶している。

「この男、間違いなく千日寺の吉五郎めに相違ございませぬ」

「そうか、ならば引き立てい」

「い、痛い。そのような御手荒いことはやめておくれやす。わ、わては、ほんまに播州赤穂の塩商人田之屋仁左衛門でございます。間違いございません。お人違いにございます。そ、その男は何者にございますするか。そのような男は見たこともございませぬ、その男の見定めは間違いでございます」

「問答無用、千日寺吉五郎とその一味、唯今、召し捕ったり」

長吉を連れてきた同心が頭巾を被った長吉に、

「間違いがないだろうな」

「わたしの、目と記憶に間違いはございませぬ」

「ふふ、ならば吐かせてみせよう。一度入ったら二度とは生きては出られぬ大坂牢屋敷の恐ろしさを身に染み込ませてやるわ」

同心が、一人嘯《うそぶ》いた。

大坂牢屋敷は西町奉行所近くの松屋町筋にあり、一度入ったら二度と生きては出られぬ牢屋敷として名高かった。

厳しい取調べと過酷な自然環境下の牢獄生活で獄中死する者が後を絶たなかった。文政十年の邪宗門事件の逮捕者も文政十一年には多くの者がすでに獄死していた。

六、弓削新右衛門と天満山作兵衛

千日寺の吉五郎が捕縛されて数日が経ったある日。

大坂三郷天満組の北側には寺町が造られ、その先に北の刑場があり近くに天満山の役人村がある。大坂市外にある役人村は南側に千日寺、鳶田谷、天王寺など集中してあったところから見ると、唯一北側に位置するのが天満山役人村である。他からの繋がりも薄い村であったと言える。

ここの頭が天満山の作兵衛である。

役人村の建物は板張りで造ることが定めで、塗り壁や瓦の使用が許されていなかった。長吏頭が住む村一番大きな屋敷も全て板張りであった。

大坂の北端は夜ともなれば、不夜の大坂といえども灯りは乏しく暗い。

その板塀で囲まれた屋敷内に町駕籠が一つ運び込まれた。

西町奉行所与力弓削新右衛門である。与力ともなれば移動するには必ず供回りの仲間《ちゅうげん》、若党を従えているものである。にもかかわらず役人村に西町奉行所最古参筆頭与力が単身で訪れたのである。迎え入れたのは天満山役人村小頭の作兵衛である。

「天満山作兵衛、こともあろうに西町奉行所筆頭与力の拙者を、よくぞこのような長吏村に呼びつけられたものよのう」

「与力様の御屋敷に長吏頭が、お伺い致す方が周りの人の目から見ても、いささか不自然で危険ではないかと思われまするが」

「役人村には東の詰所が用意してある」

「この部屋を篤と御覧召されられませ。このような贅を尽くしたものを、お屋敷に運び入れる訳にも参りますまい」

屋敷は外から見れば板張りの質素な建物であるが、内装は豪商の邸宅を彷彿させるものであった。使ってはいけないはずの漆喰の塗り壁に、柱は黒漆や赤漆が使われ金の蒔絵が施されてある。襖も全て金箔に狩野派絵師による絵が描かれてある。

弓削新右衛門は、にやりと部屋内部を見渡して、

「拙者を、仇のように恨む者も多い、これまで供回りを従えずに外出などしたこともないわ。しかも、町駕籠などに乗ることなどしたこともない」

作兵衛も、にやりと笑って、

「当方屋敷に来るに豪華な駕籠ならば、周りから怪しまれも致しましょうが、町駕籠によもや西町奉行所筆頭与力様が御乗りとは、御釈迦様でも気が付きも致しますまい。世を欺く手段にございまする。また、この駕籠は当方が用意致しましたるもの、駕籠舁きは手慣れの強者にございまする。刀は持たずとも杖ひとつにて、武芸者数名を一度になぎ倒せるほどの腕の立つものを四名もお付け致しましたる次第。御帰りも御安心なさりませ。外は唯の木造りの小屋でございますが、内部はほれ、このように豪華絢爛、豪商の邸宅にも引けを取りませぬ。弓削様御来邸頂くために

贅を尽くしてみました」

「ほ、ほほう。なるほど、まるで淀屋辰五郎じゃな」

「硝子貼りの床に金魚までは、真似できませぬが」

「垣外《かいと》には、御法度な贅である。わしは、西町奉行所与力であるぞ。目に余る贅には闕所《けっしょ》を申しつけることになる」

淀屋辰五郎は宝永二年（一七〇五年）天下の豪商としてその名を轟かせていたが、余りの贅沢さに家財没収の憂き目にあっている。淀屋屋敷の贅は家具や建具は勿論、建物にまでに及び、百間四方の屋敷を構え、四季折々の眺めが楽しめる山水庭園と建物は大書院小書院造りで建具には総金張り、襖には有名絵師に描かせた花鳥風月が色彩豊かにあしらわれ、天井や障子はビードロ（ステンド硝子）仕立てに造り、床にはガラスがはめ込まれ、庭から清水が引き込まれ床下の金魚が眺められた。戦国武将の織田信長の安土城か豊臣秀吉の聚楽第にも勝るものであった。大名や並みの豪商では遠く真似できぬような代物であった。闕所とは、贅沢の行き過ぎに対する財産没収という罰である。

「わたくし共と、御与力様の仲では御座いませぬか？　何を申されているので御座いましょう、罪は一蓮托生に御座いまする。今は、贅を尽くして、弓削様を唯々御歓待させて戴くのみで御座います。床に敷き詰めております毛氈はペルシャより長崎に入りましたものを。ほれ、そこには綺麗どころも取り寄せています」

作兵衛は襖を開け奥の部屋を見せた。

「ここは、町の外、今宵はお仕事のこともすっかりお忘れいただき、綺麗どころとゆるりと夜をお楽しみ下さりませ。離れ小島故、御安心なされませ。その机の上に載せます金蒔絵の五重には先ほど、北組の老舗料理屋より鰻を取り寄せましたもの、冷めぬように下には湯を入れ湯気が上まで揚がるよう全てに銀の簀《す》の子に載せており、重の内側は銀塗りの品で御座います。宴の最後に御賞味いただきとう思っております。入れ物は其の儘お持ち帰りいただきます」

北組とは、船場で豪商たちが多く住み贅を尽くした食の老舗料理屋がある。大坂三郷は三つの組に分けられていて、北組の他、島之内のある南組と大川より北の天満組からなる。天満山役人村はこの天満組の外にあった。

「やれ、太鼓持ちの左之さん、場を盛り立ててやってや」

作兵衛は声を上げて、手を打った。

鳶田谷の左之助である。揚屋に属する古強者の太鼓持ちでも場所が天満組の端で揚屋でない役人村と聞いてみな辞退し、左之助に回ってきたのだ。

左之助がこの機会を逃すはずもなかった。

太鼓持ち左之助が宴を仕切り、太夫、新造、禿、それに芸子が三味線を弾き、左之助が太鼓を打った。西町奉行所与力弓削新右衛門のための宴が始まった。

天満山作兵衛も左之助が鳶田谷役人村の猿とは夢にも思っていない。鳶田谷の久右衛門と契りを結んでも各村の頭は奉行所からの特命を受けるため名前すら不詳とされ、その配下の実働部隊の若き者とは面識もないし、左之助の変装もある。

そして、弓削は安心しきっていた。

弓削新右衛門と天満山作兵衛は揃って座り太夫と新造を横に座らせ酒の酌をさせ、禿《かむろ》は酒を運んだ。太夫に酌をさせながら御満悦に、

「これは、なかなかの太夫じゃ。奉行所役人にはこのような贅は尽くせぬでな」

高級太夫は揚屋から置屋まで行列を組んで厳《おごそ》かに、仕来たり通り移動する。遊郭内の移動に限られ、天満山役人村などに格式の高い最上級の太夫は遣って来ない。遊郭のなかでは最上位の太夫は豪商や殿様より格付けが上になり客の横に付くものではなかった。だが、最上級の太夫ではないにしろ太夫雛鶴は島之内置屋では、それなりの名が知れた太夫であった。

「作兵衛、お前は綺麗処を幾人抱える？」

作兵衛を見ながら聞いた。

「ふふっ、申し訳ございませぬが、常に町の中に四、五人は囲いおり申す。与力様こそ、お妾様を多数お持ちと伺い聞きますが」

「居るには居るが、大抵は不届き者の内儀で、三郷処払いさせた不憫《ふびん》な後家の面倒を見ておるにすぎぬ。余は人助けを致して居るのじゃ」

「とんでもない美人揃いで、こちらの人助けのために、罪もない亭主を流刑、処払いになさったと聞き及びますが、なかなか、わたし共では足元にも及びませぬこと」

「は、ははっ、馬鹿を申せ、人聞きが悪いことを申すな」

弓削はご満悦だ。

「新町の八百屋新右衛門は殿のお妾様の親御様、これとわたし共は契りを結んでおります。これも何かのご縁ではありますまいか？」

「親と申しても、わしが流刑にした男の若女房を一旦八百新に引き取らせ、娼妓にしておったが中々な良い娼妓《おんな》に熟《な》りおったので、わしに戻せと申して妾に囲うておるまで、新右衛門の実の娘ではない」

「ほほ、御殿様も、これは〳〵御我儘なことを申されますこと。南の長吏と北の長吏が繋がり、これで殿の目論見は思いのままになり申す。それに手前どもと御殿様、奉行所古参与力様と親子の色町の揚屋、土佐堀の置屋葉村屋喜八が繋がり申せば怖いものはあり申さぬということに御座いまするな」

作兵衛の思いのままに話が進んだ。

「作兵衛、おぬしは三郷に別荘を持つと聞き及ぶが、そちらの方が御法度。幾つ持つ」

「内緒にございますが、二か所ほどに御座いますが、ほ、ほほっ」

「そちらにも、余を是非、招待致せ」

「そちらは、わたし共の隠し部屋に御座います。さすがの殿にも、ここだけはお見せする訳にはできませせぬ」

弓削の思い通りに話を誘導したが、断られたことに不満を持ったのか、

「左様か、それはどちらでも良いが……。ところで作兵衛、今日のこの宴の腹は何じゃ」

弓削が芸子の舞を楽しみながら本音を聞いた。

「千日寺吉五郎が東町奉行所に捕縛されて御座います」

「なにっ、何時の事じゃ」

弓削は作兵衛を見た。数日前のことを西町奉行所の弓削新右衛門は知らなかった。

西町奉行所でも弓削への警戒が深まっていて、弓削の息のかかった与力、同心は知るところなのでここへの情報が途絶えていた。

「数日前に、東の盗賊改め方与力大塩平八郎の手によって」

弓削は、芸子に目を戻し、

「また、大塩めか！」

作兵衛は頭を下げて、

「わたしめに手が回らぬよう、お力添えを頂きたいと、お願い申し上げます」

「ならば、このような住まいは御法度、如何致す。東の手入れがあれば、言い逃れできぬことになる」

「なあに、お手入れの報を下されば、一日で何も無かった如く処分致して見せまする。物は、壊しても金さえあれば幾度でも作り直すことが出来ますする。しかし、わたしはそうは参りませぬ。捕縛され処分されるようなことにでもなれば、二度と再び戻ることは叶いませせぬ」

左之助は芸子の三味線と踊りに合わせて太鼓や鉦を打ち鳴らしている。

襖の向こうに弓削と作兵衛が太夫と新造に酌をさせながら、何やら会話をしているのを窺い知ることができるが、話の内容まではわからない。

しかし、天満山役人村頭と弓削新右衛門が懇意な仲にあることは間違いがない事実として、左之助は確信をもった。

向こうの部屋から作兵衛が左之助を呼んだ。

「太鼓持ちの左之さんや、お疲れさん。ちょっと、こっちに来なはれ。お殿様からお近づきの印にご祝儀や！」

「へ～いっ、唯今、そちらへ行かせてもらいます」

作兵衛が手招きをして呼ぶ。

「はよ、こっち、〳〵……」

左之助は近くに行って作兵衛の顔を見極めなければならない。

待ってましたのような声だった。

左之助は、太鼓持ちが客に媚を売る独特の姿勢をもう身に着けていた。腰を落とし、両手を揉むようにして低い姿勢で作兵衛の前に正座した。

「よくも、その若さで太鼓持ちを仕切ってくれている。御殿様からお褒めおき頂いた。この御捻りは、御殿様からの御祝儀、遠慮のう頂け……」

左之助は、金の入った御捻りを頭の上高く賜った。

「は、はぁ～、有難き御心遣い、この上もない幸せ至極に存じ上げ奉ります」

弓削新右衛門は上機嫌で、酔っている。

「よいよい、近こう〳〵、ゆるりと顔を見せてくれ。どちらから参った」

「手前どもは、島之内の置屋から雛鶴姉さん（太夫）ともども呼び止め頂きましてございます。本日は、大川まで船で参り、その後は駕籠にてお連れ頂きました」

「島之内からとは、また遠路遥々よう来てくれた。当地なら天満は北の新地かとばかし思っておった。これは、珍しい。島之内の太夫と聞けば、なお今夜は楽しそうじゃ」

横の太夫が、うなずいて一言喋った。

「今宵は主様、ほんに、ごゆるりと遊んでいってくんなまし」

左之助は弓削と作兵衛の顔をまじかで見て記憶に止めようと思った。

弓削は六十歳を超えた色浅黒く、頬のそげた痩せた老人だった。欲の塊で脂ぎった好色な男を想像していたが当てが外れた。

作兵衛は長吏役人村の頭として現れるいでたちではなく、豪商風に様相を変えて、しかも、顔には化粧を施している。その上、この男、顔形が普通で、体格も中肉中背で際立った特徴がない。どこか特徴をと探したが、ほくろもあざも化粧の下に消し込んでいた。

この男を他の場所で本人として捕縛する手がかりがつかめなかった。

長吉なら、人相を記憶してくれたのではと悔やんだ。

「左之さんや、景気づけに一献、ぐいっと飲《い》ってくれ」

と、大杯を差し出された。

横の新造がなみなみと酒を注いだ。

得意げに、作兵衛がこちらを見やった
「さあさ、一気に……」

光の加減で右頬に一寸ばかりの刀傷らしい窪みが見えた。

左之助は酒を一気に飲み干すと、

「右頬にある傷だ。これが手がかりか……」

左之助は頭でそう思った。

作兵衛は何も気付かず、左之助の飲みっぷりを口を開けて見ている。

「ほほっ、左之さん、これは御立派、見事、〳〵」

横の弓削新右衛門も頻りに手を打って喜んでいる。

酔いが回り顔色が赤ではなく黒ずんで見えた。

すぐさま、左之助のこの報は、天満の新八に届けられた。

翌日、太夫一行は堀川を船で戻ったが、左之助は陸路島之内まで戻ることにして天満の新八と密かに会った。

「新八は知りおるか」

「天満山役人村では、頭（小頭）がいて、若き者、その弟子という組が複数あり、俺の組の頭ではないので詳しくは知らぬが、天満山の頭の名前位は全て知りおる」

役人村の組織は長吏が最高位にあり、その次に小頭、その下に若き者、その弟子という順序で組織が構成されている。その組織が複数組まれているのである。天満山作兵衛も頭であるが複数いるうちの一人の頭に過ぎない。

役人村の任務には奉行所からの密命的な諜報活動があるので、頭間《かしら》で互いの職務は極秘であった。これが崩れれば奉行所からの役人村を使う意味がなくなり、これを破る者には極刑をもって斬首という厳しい処分が定められていた。互いの組織の秘密は漏らさない事が掟であった。

一通りの話を聞いた新八は、

「千日寺吉五郎捕縛のことも日にちが立てば、関係者には周知の事実となろう。そうなれば、みな身を潜めよう。いくら、吉五郎が牢屋敷の厳しい責めに合って、その名が出て顔が知れたとしても、地中に潜んだ鼠を見つけるのは容易ではない」

「身を隠す前から、四六時中見張る訳にもいかぬし」

左之助が答えた。

「変装や、替え玉という手もあるしな」

「作兵衛屋敷に踏み込んだとしても、蛻《もぬけ》の殻はありうる」

「如何に、真の作兵衛を取り押さえることができるかを、どうするか……」

逃げるとなれば、どんな手段でも択ばないのが悪党の知恵である。

天満山役人村で、弓削新右衛門が天満山作兵衛にあったということの報は、当然、東町奉行所盗賊改め方吟味役与力大塩平八郎にも届けられた。

七、鳶田谷久右衛門とその一味

鳶田谷は大坂市外の外れも外れの南にあり、上町台地の西側下の谷に位置する。今宮戎の参道と住吉大社へ南に向かう住吉街道が交差する処にあり、東には四天王寺の大伽藍が見える場所にある。

大坂四か所の刑場の中でも最も大きな場所である。

ここで、後年の天保八年に起こる大塩の乱の処刑が翌年の天保九年に行われている。大塩親子を含む二十名の磔処刑が行われたことでもその大きさが窺い知れる。

近くには鳶田谷墓地と役人村がある。

この役人村の長吏の補佐役の年寄りの一人に鳶田谷久右衛門こと清八という男がいる。この久右衛門には直属の配下はいない。

同じ鳶田谷の別の小頭の下に若き者で〝猿〟を遣っている太鼓持ちの左之助がいるのだ。

鳶田谷久右衛門には独特の特徴があった。生まれ付き喋るときに顔が引きつる癖と、左足の動きが鈍く足を少し引きずって歩く癖がある。誰もが見て分かるものである。

特徴がある故、替え玉にはその特徴の真似をさせる。

体に不備がある分、人前に現れることが少ない。

持って生まれた体付きから、若いときは火葬の骨拾いを遣っていた。

しかし、頭が切れ犯罪者の捕獲の策を練ったり人の指揮謀略を得意とし、その実力から長吏の地位を築いた。千日寺吉五郎や天満山作兵衛のように若き者を従えない長吏の補佐役年寄りで別格の存在であった。また、闇の頭とも呼ばれ残虐非道な性格の上、好色家でも通っていた。

左之助も同じ村に住む者であるが、未だにこの男の正体を知らない。


鳶田谷墓地に隣接して、火葬場と灰捨て場がある。

その横に小屋があり、人が余り寄り付きそうにもないそこに住む男が鳶田谷久右衛門である。人と接しないのは、生まれ持った顔にあった。年齢は不詳であるが、すでに六十歳は過ぎているように思える。頭髪は白髪が目立ち総髪にして丸髷である。喋るときの引き攣る癖が顔の形まで変えてしまい、不気味なまでの様相をしている。体つきは中肉小柄で片足は悪いにも拘わらず上半身だけは鍛えこまれて筋肉質な体格をしている。

普段人を近づけないが、堕落僧侶達からは寺と墓地と火葬場の関係で、奉行所から僧侶の戒めの御触れが度々出されるが、その際に、妾や不徳の関係にある者たちを隠す場所でもあった。その都度、大金が交わされ、その間、預けられた女たちは久右衛門が言いなりにすることができた。

また、久右衛門と懇意にある僧侶たちの寺院では御法度の賭博開帳が行われ、これに千日寺吉五郎が関わり、天満山作兵衛とも契りを結ぶ仲になっていた。

賭博開帳の都度、西町与力弓削新右衛門の息の根が掛かった与力同心が東町奉行所の手入れの報を流し、自らはその開帳を見逃し、その都度、大金がその与力同心並びに弓削新右衛門に渡された。その中の千日寺吉五郎が捕縛されたのだ。

ここに、弓削新右衛門の手先となる〝猿〟が久右衛門に会いに来た。鳶田谷の伊佐という。太鼓持ちの左之助とは別の頭の配下に居るものである。従って、お互いが知り合うことはない。これが、役人村組織の特徴である。

伊佐が久右衛門に、

「清八様、千日寺の吉五郎が東の大塩平八郎に捕縛されてございます」

久右衛門は、信頼できる仲間には清八と呼ばせていた。

不気味な顔を歪め口元を引き攣らせながら、

「お、愚か者めが、あれほど羽目を外すなと申して居ったのに、自業自得じゃ。や、奴のことはどうでも良い。わ、わしらに火の粉が注ぐことだけは止めねばならぬ。おぬしは猿。大塩の手になる猿がどこかに居る筈。心当たりのある猿はおらぬか。そ、そ奴を始末せねば被害が広がり兼ねぬ。四か所のうちの何れかに居ることは間違いがない。この村にも潜んでいるやも知れぬ。さ、探し出せ、そして、そ奴を消せ……」

「大塩平八郎の手の者となりますれば、それ相応の強者と思われまする。正体を看破するは手強いものに御座います」

苛立つように、久右衛門は、

「ひ、東の長吏詰所に出入りする者共を全て見張ればよかろう」

冷静に、伊佐が答えた。

「四か所のうちの何処の者とも、知れませぬ。まして、奴らも、身を変え変装しておりまする。この機に、同じ姿では二度と現れはしまいと思われまする」

「ね、根絶やしに、あ、怪しき者は手当たり次第に葬り去れ。奴らは猿、町人姿で町に潜めども、寺の人別帳になき者たち、所詮、闇でしか働けぬ猿、闇に葬り去れば誰も気が付きもしまい。まして、役人村の者、奉行所も関知致すまい」

「不審な、遺体が多数現れますれば、また、大塩の手の猿とでも分かろうと言うものならば、東町奉行所も事件として捜査の手を回すやもしれませぬ。まして、千日寺の吉五郎様が捕縛されている今ならば、兄弟を交わされておられまする御頭様の名が上がり疑いが掛かるやもしれませぬ」

久右衛門、更に苛立って、

「か、顔はわからぬよう溢《こぼ》して、遺体は海に沈めよ」

「大塩の手の猿が消えますと、大塩が間違いなく気取るものと思われます」

忌々しくてたまらない。苦々しく久右衛門は、

「む、むっ、いずれ、て、天満山作兵衛もわしに救いを求めに来ることになるだろう……」

久右衛門は伊佐に向かって、

「な、ならば、お、おぬしに任せる。ぬしの親は小頭である権右衛門、ゆくゆくはおぬしも、小

頭に成れよう。ぬしの仲間と弟子すべてを束ねて大塩の猿を看破せよ」

頭の下に居る若き者には頭から与力同心配下の任命を受けると、その後はその奉行所与力同心の直下の命令を受けて働くので、頭への猿の情報は途絶える仕組みだった。

「わ、わしは、少し穴蔵で気を取り戻す。下がれ……」

久右衛門は手で伊佐を払った。

伊佐は頭を下げて小屋を出て行った。


鳶田谷灰捨て場の小屋の奥に人知れず秘密の地下道があった。

上町台地まで繋がっている。

上町台地は粘土質の岩盤で穴を掘っても容易く崩れなかった。

その地下道の先に洞窟が掘られてあり、その中に表から見えぬように茂みに覆われた地表奥に、五間四方の書院造りの建物と一間四方の金の茶室が並んで建てられてあった。書院造りの建物は銀貼りの襖で覆われ木材は全て黒漆塗りであった。その横の金の茶室は正に豊臣秀吉の茶室を彷彿させるものであった。

小さな庭園には地下水を流し洞窟内に山水が造られてあった。人が寄り付かない小屋の先の洞窟に別の世界が再現されていた。

鳶田谷久右衛門の別の住まいは、小屋にしか住めぬ役人村の者が贅を尽くしたものだった。庶民は金銀を使った装飾物は使えず、質素倹約が常であった。書院造りの建物の内部は銀貼り壁に畳が敷かれ、久右衛門が座る畳は、大名屋敷のように一段あげられていた。全て御法度に触れるものである。

部屋には、破壊僧侶から預かった女房、娘が四、五人いた。

この部屋に住まわす限り秘密がばれぬように外には出してもらえない。

出られるときは久右衛門の妾になるか囲われて、大坂三郷に造られた別荘に送られ、そこでも監視の手が付く。ここで、久右衛門はこの女たちと遊興三昧のことを行っていた。女たちも不気味な容姿に最初は恐れ慄いていたが、それを拒むと繋がりのある置屋葉村屋から下賤な娼婦に売られることが判って、みな従順になっている。

久右衛門は、表の姿からこの別世界に来ると贅を凝らした着物に着替えるが、容姿だけは変えられなかった。


一方、長吉たちも千日寺吉五郎以外の名の上がる者たちの捕縛に苦慮していた。

文政十一年も冬が近づく十一月になろうとしていた。

島之内は居酒屋〝姫屋〟で長吉と太鼓持ちの左之助が顔を合わせていた。

女将の絵美が、

「寒《さむ》なって来たわね。お酒、燗にしましょうか？」

「酒、二本で」

「御腹は、空いていない？　何か御腹が膨れる肴にしましょうか？」

「適当に、見繕ってくれ」

二人で、酒を酌み交わした。

左之助は天満山役人村で目撃した弓削と作兵衛の密会の様子を話した。

あれから、半月ほど経っている。

「大塩様には報告したのか？」

「ああ、もうした」

左之助は、

「俺は、天満山作兵衛から村に呼ばれたので、兎に角、作兵衛の顔を見に行ったのだ。そしたら、弓削新右衛門が現れたので、驚いたのは俺の方や」

「この現場に、踏み込んだら作兵衛も弓削も一刀両断だったのだが、そうなれば西町奉行の顔は面目丸つぶれだろう。大塩様が慎重になられているところだ」

長吉が言う。

「千日寺吉五郎が捕縛されたので、慌てて密会したのさ」

左之助が答えた。

「しかし、これで作兵衛は警戒して迂闊には現れぬ」

長吉が言った。

「弓削にはそんなことお構いなしさ、奴は自分に手が回ることなど考えてもいない。世の中を舐めきって居やがる」

「大塩様からは、作兵衛が居場所を突き詰め、弓削から離れて一人になった処を捕縛せよとのこと。鳶田谷久右衛門と作兵衛が密会する現場を諜報しても良い。これなら手間が省けるというものの、俺すら久右衛門の正体を知らぬ」

長吉が言う。

「左之助は鳶田谷の頭を知らずとも、作兵衛の顔は見知ったではないか」

「お前のように、人相をここに書き留められぬ。また、変装もしよう。体格は中肉中背で並みの者と区別がつかぬ」

左之助は自分の頭を指さして、長吉の頭が欲しいと嘆いた。

「だが、いくら厚化粧で変装しようとも、隠しようがない右頬にできた一寸ほどの窪んだ刀傷だけが手がかりや」

「それだけで、充分さ」

長吉は言った。

「何時までも、じっとはして居《お》れまい。何れ動き出すのを待つしか手はなかろう」

「天満山か鳶田谷だろう。天満山は弓削との関係があるので、鳶田谷辺りか……。左之助の村の若き者に見張らせてはどうか。だが、奴らもこちらを必ず見張っているぞ」

「久右衛門は一人頭。奴の手の者は見当もつかぬ。逆に俺が太鼓持ちを遣っていることも村には知られてはおらぬ」

「大塩様からも、東詰所に来るときは、日ごろの姿のままではならぬと申されている。左之助も村に居る時はこの姿ではあるまい。若き者に戻れば良い」

その後、暫く無駄話をして時間を潰して店を出ることにした。

「おおきに」

居酒屋〝姫屋〟の女将に送られて、二人は店を出た。

外は、夜の闇が広がっていた。

八、天満山作兵衛　捕り物控え

大坂市中には三十三か所の色町があった。

江戸時代三大遊郭の一つに数えられた新町遊郭を筆頭にその南隣りに堀江新地があり、南地の五花街、島之内、櫓町、九郎右衛門丁、坂町遊郭、相生町、京橋町、堺町、難波新地、それに北の新地、曽根崎新地、新堀、堂島、高津、蟹町遊郭、生玉馬場先、お初天神、ざこば新地、三軒屋、真田山、天満宮霊符、堀江、六丁目、幸町、髭剃り、玉造新地など有名無名の色町が点在した。

十一月上旬に、長吉は久しぶりに新町の端女郎屋〝花籠〟の美花に会いたくなったので新町まで出向いた。暮れ六つ（夕六時頃）新堀町の西側の端女郎屋の見世部屋を覗いて見た。

やはり、座って居なかった。

やり手婆さんに娼妓《おんな》の来る日を聞いてみることにした。

「美花は居るか？」

「あの娼妓《こ》は、今日は道頓堀の九郎右衛門丁にある〝朱莉屋《あかりや》〟という店に行ってもらってます」

新しいやり手婆さんだった。

「店を変わったのか？」

「いや、そっちが本店でこっちが新店や、あっちに行ってもらったんや」

「場所は九郎右衛門丁の何処や？」

「九郎右衛門丁の内新建屋で東に難波新地がある側の道頓堀に近い方から二軒目の店や」

「あの娼妓《こ》より良《え》え娼妓、ここにも居るし、こっちで揚がってやってぇな」

「あかん、俺はあの娼妓《おんな》が良《え》えねん」

「ほんなら、そうしなはれ。その代わり、ちゃんと行ったってや」

「ああ、今から行くよ」

長吉は、新町遊郭東門から出て、西長堀川沿いに南へ歩いて、堀江の吉野屋町を北堀江から南堀江を通って金屋橋を渡って島之内に入り、道頓堀川に架かる大黒橋を渡り九郎右衛門（町）遊郭に入った。店は聞いた通りにあり直ぐに分かった。

店の見世部屋を見ると真紅の着物を着て座っていた。新町と違ってこちらの傾城町は規模も小さいため人の賑わいも少ない。


「あっ」

女が、外の長吉に気が付いた。

長吉は会釈を送って、

「聞いて、来たよ」

「どうして……」

驚いた顔をしていた。

長吉は、上がり框のやり手婆さんに、

「見世に居る〝美花〟は、今度、何時居る。次に来る日を決めたい」

と聞いた。

顔を上げたこの婆さんも前の店にいた同じ婆さんだった。

「二人揃って、移ってきたのか？」

「そうやねん、でもわたいはむこうと、こっちの掛け持ちや」

と、婆さんは言った。

「次、言わんと、今日、揚がって行ってやってなぁ」

やり手婆さんが懇願した。見るからに、暇そうにしていた。

「暇なのか？」

娼妓は客が付かなければ、金にはならない。

ちょっと、気の毒と思い同情してしまった。

「今日の方が良《い》いのか？」

「そら、その方が助かるわ。美花ちゃん～、長さん、来てくれはったよ！」

横の見世部屋に大きな声をかけた。

「はぁ～い」

声が返ってきて、美花が式台に出てきて跪《ひざまず》いて頭を下げた。

「今日は何時に、帰ることにしていいのや？」

美花、本人に聞いた。

「今日は遅い目まで居る日なので、二更四つ（夜九時頃）まで……」

「じゃ、まだ時刻があるな。今日は揚がる心積りがなかったので俺の準備が出来ていない。島之内の風呂屋で、汗を流してくる」

「別に、構めへんのに」

美花が言った。

「半刻待ってくれないか、時刻を決めよう。五つ（七時頃）、丁度に戻ってくる。その代わりお前が帰《あが》るまで、今日は居るよ」

一刻の時を予約した。

「美花ちゃん、もう見世はええよ。揚がっとき」

やり手婆さんは美花をみて気を遣ってくれた。見世部屋に座ると、他の客が付くことがある。それを避けてくれたのだ。

長吉は、急いで島之内の風呂屋に向かった。今日は湯屋大黒屋風呂ではなく普通の風呂屋にした。汗を流してさっぱりして揚がりたかった。

半刻後、九郎右衛門丁にある端女郎屋〝朱莉屋〟に行った。

時刻通りに戻ってきたので、やり手婆さんは少し驚いて、

「あっ、もう来はったか。美花ちゃん待たしていますで、さぁ、揚がってやって、お部屋にご案内しますわ」

二階の部屋に連れていかれた。新町の店と比べると本店らしく建物は古かった。

「直ぐに、呼んで来ますよって」

暫くすると、美花が酒を持って部屋に入ってきた。

「なんで、分かったの」

疑問を直ぐに聞いてきた。

「新町の花籠に来る日を言いに行ったら、こちらに移ったと聞いた」

「そうなの。今日新町の店に行ったら、ここに行ってくれって言われたんです」

「ほう、丁度うまい具合に良く合ったものだ」

「ほんと」

「新町より、こちらの方が、客が少なくないか」

「今日は特に少ないみたい」

「今日、来るのだったら描いた絵を持って来てやるのだった。また、次来る時に持って来てあげるよ」

「描けたの」

「うん」

「また、今日も描いてくれる……」

「いいよ。懐紙と筆は何時でも持っている。今日は時刻もゆっくりある。後はお前が帰る時刻だけだよ」

すらすらと筆で下書きして、墨の濃淡で影を付けてみせた。

「へぇ、何時見てもすごいわ」

長吉の描く絵を横で見入って感心していた。

「こんなこと、していると時刻を忘れてしまう」

いつものような独特の微笑みを作ってくれた。

「しなくて、いいの？」

「いや、するけど……」

「うふふ」

又、微笑んでくれた。

下書き絵を数枚描かせてもらって、俺の描いたその絵に見入っている美花の横で、長吉は着物を脱いで裸になった。それを見て、女も真紅の着物を脱いだ。二人の恥毛はなかった。

「灯りはどうする。消す？」

女は行燈の明るさを聞いた。

「任せるよ」

「じゃ、これで……」

自分の真紅の着物を行燈の縁にかけた。

部屋の明かりが薄暗い赤みを帯びた色に変わった。

赤みを帯びた薄明りで二人は確かめ合った。小さめの乳房と括《くび》れた腰、引き締まった小さめの尻の線を長吉の手がなぞった。昼間とまた違う光の世界の中で二人は蠢いた。

「今日は、わたしが……」

と言って長吉の体に乗ってきた。


終わって、静粛な時刻が流れた。

「長い」

長吉はいつもより長く時刻を感じた。

「ほんと……」

美花は長吉の体に寄り添った。

「終わったあとの、静粛な時刻は心を落ち着かせる。このままでずっと居たい……」

「わたしも……、夜だし、このまま寝てしまいそう……」

「いらないものがなければ、肌の感触が直接よく伝わる。剃ってよかった」

「毛のこと？　わたしだけじゃないでしょ。他の娼妓も居ると思うわ。うふっ、毛のないお客は他にいないわよ」

と、美花が言った。

「ふふっ、そうか……」

長吉の言葉を聞いて、美花は悪戯っぽく微笑んだ。

「最初に会った時から、変わったなぁ」

「えっ、そんな風に見える？」

「そんな気がする……」

いつの間にか、美花は長吉の乳首を軽くつまんで、胸に顔を埋めていた。

「……」

言葉がなくなったので見てみると、小さな寝息を吹きかけて寝入ってしまっていた。

そっと、そのままにしてやった。


静寂な時刻が過ぎていった。だいぶ時刻を延ばしてくれているようだ。

「美花ちゃん、上がってや」

下からやり手婆さんから声がかかった。

美花はその声で意識を取り戻し、虚ろな眼差しで、

「ああっ、眠ってしもた……」

二人は、徐《おもむろ》に起きた。

長吉は、身支度をしながら聞いた。

「昼と夜どちらが、お前は都合が良い」

「昼間の方がいいの？」

女から聞き返された。長吉が今まで来ていたのが昼だった。

「普通はみんな夜にする。人のやらないことをしてみたい」

身体に付いたお互いの愛液を拭き取り、無駄話をしながら降りる時刻を二人はもう無視している。美花はこの後、家に帰るだけだった。

「また、来るよ」

長吉は二人に声をかけて出た。二人は笑顔で見送ってくれた。


夜の大坂市街の南の端でも、色町は灯りが明るい。

九郎右衛門丁の前は難波新地である。

遊郭なので中に必ず大きな揚屋が少なくとも数軒ある。

難波新地にも新町ほど大きくないが有名な揚屋がある。塗りの駕籠がその揚屋の前に置かれてある。何気なく、僧侶か役人か長吏の者か窺うことにした。

向いの女郎屋に客を装って、ひやかしがてらにやり手婆さんに聞いた。

「なあ、婆さん。あの駕籠はよく見かけるのか」

「ああ、最近よう見かけますで。なんでも、道頓堀を屋形船で運ばれてきて、大黒橋から担がれてくるらしいわ。良《え》え、金持ちはんみたいやな」

長吉は、新八が天満に帰るのに船を使ったことを思い出した。

「ひょっとして、天満から乗り付けて来る奴……。作兵衛か？」

と、想像を深めた。

欲の皮が張った奴らが、その色食欲をどこまでも封じ込められるはずがないと思っている。何れ、欲の虫が我慢できずに動き出すところを待っていた。だが、長吉はその作兵衛の顔を知らない。取り敢えずどんな男なのか、顔を見てみることにした。

難波新地の揚屋前の女郎屋のやり手婆さんに一肌脱いでもらうことにした。

「なあ、婆さん、今から向いの揚屋から出てきた親父に声を掛けてくれ。俺と一緒に親子を装って、こちらに顔を向かせてくれ。ただとは言わぬ。一分銀二枚でどうや」

婆さんは、忙しいのにその間に客が来たらどうしてくれるのだと文句を言いながらも、今日は人出が少ないので、渋々乗ってくれた。

「なんて、言うねんや」

「作兵衛さん、と一言。大きな声で声を掛けてくれ。そのあと、御免〳〵人違いしてしもうた。法善寺の作兵衛さんと間違うてしもうた。と、言ってくれ。後は俺が適当に喋ってその場を去るから、その時は、決して走るな」

「長い台詞やな、わて、よう喋れるかいな？」

「なに、言うてるねん。客引きする時と一緒やないか」

そうこう言っているうちに揚屋の玄関先が騒がしくなってきた。

「婆さんちょっとだけや、行くで！」

駕籠舁きは八人いる。揚屋玄関は明るい。長吉と婆さんは通りすがりの親子になり揚屋玄関前まで近づいた。丁度、玄関に豪商風の男が店の者に歓待されながら出てきた。

出てきた男は、中肉中背、背丈は聞いていた体格だ。

「しまった！」

長吉は男を見て驚いた。頭巾を被っているので、顔が見えない。

駕籠が開けられ八人の駕籠舁きが護衛のように囲んでいる。

「作兵衛さん！」

横の婆さんが声を上げた。長吉の言った通りの芝居が始まっていたのだ。

もう止められない。頭巾の男と八人の駕籠舁きが婆さんを一斉にこちらを見た。

婆さんには何の躊躇いもなかった。

「あっ、御免〳〵、豪《えら》いことしてしもうた。法善寺の作兵衛さんと思たら、とんだ人違い。堪忍してや。おばちゃん目悪いよって」

さすがは、客引きやり手婆さんだけはある。長吉もすぐさま、

「違う〳〵お母ちゃん、なに、言うてんのん。そっち違うって、こっちの店に居る人やがな。すんません〳〵」

長吉は顔が向こうから見えぬように腰をかがめて婆さんの手を引っ張って引き返した。

駕籠の主と駕籠舁きは唖然としていたが、瞬時のことだったのでそのまま、何事もなかったように道頓堀へ向かって担がれていった。

長吉たちは、反対に向かって歩いて次の辻で折れて止まった。

「ふ～っ」

長吉は、冷や汗を拭いたので、一呼吸して落ち着こうとした。

まだ婆さんの手を握っているその掌に脂汗を掻いている。

「なぁ、兄ちゃん。おばちゃん、芝居うまいやろ」

「ああ、うまかったよ」

「あの男、何か仕出かしたんか？」

この婆さんに、弓削に一味する役人村頭のことは当然、知られていない。

「おばちゃん、暇やし、あの店、見張っといたろか？　その代わり話、聞きたかったら銀二十匁持って来てや。この話、他にはせえへんから、心配しな……」

気安く、婆さんは長吉の肩を突いた。

「婆さん、向いの店に顔知られてへんのか？」

「さあ、そんなん知らん」

早まったのかもしれないが、もう仕方がない。

今の男が再び現れるのか、今の行動を怪しんだのかは判らない。

ただ、作兵衛の名に駕籠主と駕籠舁きは少なくとも反応したことは間違いがない。人違いなら振り向かなかっただろうと思うが、ただ、婆さんの大声に振り向いただけだったのかは定かでない。

九、続・天満山作兵衛　捕り物控え

婆さんと別れた後、長吉は人気がなくなった揚屋の玄関付近を何か手がかりになるようなものが残されていないか見に行った。

黒いものが落ちている。拾い上げるとずっしりと重い。鉄の棒だった。

「これは、鉄刀ではないか」

鉄刀は役人村の若き者が奉行所同心と市中を巡回するとき、同心の自僕以外の従輩に従うときに持たされる十手の形に似たもので、黒緒が柄に巻き付けられていて黒総が垂らされてある。同心や目明しが持つものとは違い、一目で識別できる。十手は短く磨かれていて緋《ひ》（あか）総が垂らされているのみである。鉄刀は市中巡回時に若き者が刀の代わりに腰に差すもので、十手より少し大きいのと房の色が違う。

「こんなものがよく落とされたものだ。誰も解らなかったのだろうか……」

しかし、これは明らかに役人村の者しか持てないものであった。

数日後、連絡を取って天満の新八に見てもらうことにした。

最近、難波新地によく現れる塗り駕籠と、落ちていた鉄刀について聞いた。

「この鉄刀は天満山のものや、柄に巻かれた緒に〝満〟という文字が織り込まれている。千日寺は〝千〟、鳶田谷は〝田〟、天王寺は〝天〟、渡辺は〝辺〟の文字が織り込まれている」

「知らなかった」

長吉は感心した。

「よく見ないと分からないし、知らなければ見ないさ」

「なぜ、こんな大きなものを落として気付かなかったのか不思議だ」

「駕籠舁きの一人が市中巡回に就く若き者だったのだろう。物を忘れたり、落としたりするのは物の大きさではないよ」

新八は人の洞察力に長けているようだった。

「駕籠のどこかに隠していたものが落ちたのではないか？」

「長吉、今頃、きっと鉄刀の持ち主は大騒ぎしているぞ」

続けて新八が言う。

「どこで、落としたかはわからぬだろうから、普通なら来た道をたどって探すもの。どこにも落ちていなければ、最後は、揚屋に置き忘れたのではないかと店を疑る」

「長吉、揚屋の向いの婆さんを使おう。金の亡者なら扱い易いし、どうにでも転ぶ。お前のこの前の姿は町人だったな。念のために違う姿に変えて婆さんと会おう」

「では、こうなってしまったからには、人の探索をしているように見えただろうから侍にでもなってしまおうか」

長吉が言うと、新八が答えた。

「侍か、刀が邪魔で扱いが嫌だが、仕方がない俺も付き合うか……」

数日後の夕暮れ時に、難波新地に長吉と背の高い侍は、着流し姿で袴を着けずに、帯に大刀を一振り落とし込んで奉行所の若侍がお忍びで遊びに来たように装った。

揚屋前の女郎屋の婆さんに会いに行った。

目ざとく、長吉を見つけたやり手婆さんが、

「この前の兄ちゃんやな、あんた、お侍はんやったんか」

「やっぱり、あの男か？」

横の新八に婆さんが気付いて、

「いやぁ、横の兄ちゃんは、また男前やがな。二人で揚がるか？　ええ娼妓《こ》居てるよって、横の見世から選んだってぇな」

新八は、白粉《おしろい》臭い女は苦手だ。中の娼妓はどれも白粉が厚かった。

「揚がるのと、金ならどちらを選ぶ？」

長吉は、邪魔臭くなったので直接聞いた。

婆さんは暫く考えて答えた。

「話かいな。あるけど高いで」

「銀二十匁やったな」

「そら、一つの話のことや」

「増えたのか？」

「実はなぁ……、あかん〳〵、危なぁ。先に金やがな」

「いくらや？」

「あんたが、豪い気にしてるよって、向いで働くわての知り合いに聞いてみたんや」

「この前のこと、喋ったんか」

長吉は驚いた。

「そんな、あほなことせえへんがな。わてかて、この辺では少しは顔が利いて居るという話や」

長吉は、新八と顔を見合わせた。

「ここ、どこやと思てんねや、色町では客の話を言わんのが当たり前や。けど、これは別や、これ呉れるのが一番良《え》え客と違うか？」

婆さんは、親指と人差し指で丸を作った。金を出してくれるものが客と言うのである。

「向いの揚屋で仲居をしている女が居ってな、それがわての知り合いでそれに聞いた話や。もう、これ以上喋られへん。さあ、出したってや、二人分で銀四十匁や」

長吉と、新八はまた顔を見合わせた。新八が出してやろうと顔で合図した。長吉は、銀六十匁で丁銀一枚の重さなので、掛値なしに一発で落とそうと考えた。

「わかった。じゃ、思い切って丁銀一枚払うから、残らず話してくれ」

「おっ、男やな。気に入った。話したろ、早よ手に載せてんか」

丁銀（金一両と同じ銀貨）を婆さんの手に握らせた。大塩平八郎から、物入りの時の軍資金を預かっているのでそれで支払った。

婆さんが言うには、

「この前来た時に忘れ物があって、それを探せと言われて仲居らに、揚屋の部屋中を捜させたと言うことや」

新八とまた顔を見合わせて頷いた。あの鉄刀のことだと確信した。鉄刀はすでに天満山役人村の物と、もうわかっている。

「その人物は誰かわかるのか？」

新八が聞いた。

「南都から遊びに来てる商人で大和屋吉兵衛という名で揚がっているらしいけど、噂では天満の役人村の頭ちゅう話もあって、こちらの名は権助とか言うらしい」

新八が言った。

「頭《かしら》の中に、権助と言う名はない。嘘や……。長左、天満山で間違いないぞ」

新八は、機転を利かせて長吉の名を長左と呼んだ。

長左衛門を縮めて呼んだように聞こえる。

「もっと、凄い話をしたろ。あの男、三日後に忘れ物を調べに来て、ついでに、また揚がることになっているらしい。これは間違いがない。もう、太夫に日時の連絡が入っている」

新八が聞いた。

「それは何時か?」

「暮れ六つ。置屋〝菊野屋〟の琴柴という太夫が揚がる」


この報は、すぐさま東町奉行所大塩平八郎に届けられた。

天満山作兵衛か真否はわからぬが、捕縛して取調べすることに決まった。

見分役に顔を見た千日の太鼓持ち左之助が当たることになった。

駕籠担ぎが屈強の男八人と聞いているので、捕り手は千日寺と天王寺から二十名ずつ選ばれた。

それに与力同心も二名ずつが決められた。

長吉達は、町人に扮して立ち会い、捕縛の合図は天満山の新八が行うことになった。


三日後の、難波新地に長吉達三人が集まった。

暮れ六つに作兵衛が揚屋に揚がるので五つに集まった。今日はみんな着流し姿の町人だった。

捕縛に使われる天王寺と千日寺の捕り手は目的の揚屋周辺の路地に五、六人ずつ分散されて隠されている。与力同心は出立があるのでどこに潜んでいるかは分からない。

長吉達は、置屋前の女郎屋の婆さんが迂闊な行動に出ないように一人が就くことにしている。

こうなった以上、この女郎屋を使わない手はない。

長吉達三人は女郎屋の待合い部屋に入れてもらった。

当然、婆さんの手には金をにぎらせている。

婆さんが、

「今日やるんやな。あんたら猿か？　一人増えたし、今日はみんな町人姿やな。お茶が良《え》えか、捕り物前やけど、景気付けに酒でも持って来てあげようか？」

新八が言った。

「俺達には役目がある、お前が一いち、俺たちの恰好を気にするな。後で、また金を払うから今日のことは忘れてくれ」

「ああ、お金、呉れはるお客はんは大事にしますで」

「じゃ、酒と茶を持って来てくれ」

と、長吉が言って婆さんを引き下がらせた。

「今日は、踏み込むか。出てきたところを囲むかどちらが良い」

と長吉が二人に聞いた。

「八人の駕籠舁きをどう取り押さえるのかと、新兵衛の顔の見分だ」

新八が答えた。

「鉄刀を捜す目的できたならば、先に踏み込んで鉄刀を見せる手もあるが」

左之助が言った。

「鉄刀がないことを諦めさせた上で、太夫を揚げさせ油断しきったところに踏み込むことも出来る」

「鉄刀は誰が見せつけるのだ」

「その役は、俺がやりたい」

新八が言った。

「お前のその容姿は村の者なら知りおる者も必ず居るぞ」

新八の特徴である長身で男前のことだ。

「揚屋に揚がってしまうと、始末が悪い。玄関で取り押さえよう。揚屋にも作兵衛と懇意の者もいるはず。店の者も全員、召し捕ろう。一人でも逃すと、俺の正体が露顕《ば》れる」

と、新八。

「店で働く人数はわかるのか?」

新八が聞くと、長吉が答えた。

「わからぬ、取調べで、後から全員を割り出そう。神妙にお縄に付けば恩恵があるとわかれば協力は惜しまぬのではないか。とにかく、今、店に居るものは全て連行しよう」

「捕り手の数は足りるのか」

鳶田谷の左之助が心配した。

「こちらも、それなりの腕の立つ捕り手を集めたつもりだ。同心の手の者とは腕が違う。作兵衛の駕籠舁きには引けを取らぬ。時刻はまだある。ならば、直ぐに表に行き。伝令に今の話を周知させよう」

長吉が言った。

「合図は何を使うのか?」

新八が聞くと、

「今日は、法螺貝と聞いている」

と長吉が答えた。

「奴らにばれぬ様に頭巾は用意したか?」

左之助が言うと、

「俺には余り、役には立たぬが」

新八は自分の容姿を言った。

玄関に降りて、表を確認した。まだ、塗り駕籠は来ていない。

長吉が、一人歩き出て、道すがりの町人に今の話を伝えに行った。役人村の町人を装う伝令だった。着物の袖に目印の布を縫い付けている。


定刻の暮れ六つ。八人の駕籠舁きに担がれた塗り駕籠が揚屋に到着した。

半刻前に太夫と禿、新造が揚屋に揚がっていた。玄関横に太夫の家紋が付いた大提灯が掲げられて、客に来ていることをわからしめている。

捕り手の合図は新八が出す。手を揚げたら法螺貝が鳴る手はずだ。

塗り駕籠の扉が開けられ、駕籠舁きが駕籠主を保護するかのように囲んだ。

その瞬間、頭巾を被った長身の男が玄関前に歩み寄り駕籠主の歩む道を塞いだ。

「お前たちが、捜しているものはこれではないのか?」

右手に持った鉄刀を前に差し出した。

「おおっ」

駕籠から降りた主も頭巾を被っていた。大きく驚き後ずさんだ。

駕籠舁きの一人が、新八を見て、

「その背格好は甚五郎配下の若き者、繁蔵ではないか!」

繁蔵は、新八が、天満山役人村で呼ばれる名であった。

「それが、わかるは、おぬしたちは間違いなく天満山役人村の者か」

すかさず、左手を挙げた。

瞬間、「ぶっお～、ぶっお～」と法螺貝が鳴らされた。

同時に、捕り方が一斉に駕籠から降りた頭巾の男と、駕籠舁きに絡みついた。合わせるように与力同心と町方の手の者が駆けつけ、揚屋内にいる店の者を捕らえた。

塗り駕籠は蹴散らされ、駕籠舁きが抵抗したため店先に置かれてあった提灯や防火用桶が蹴散らされた。

取り押さえられた男の頭巾が外され、与力が問うた。

「天満山役人村は作兵衛に相違ないか?」

「と、とんでも御座いません。わたしは、南都より大坂遊山に参りました商人大和屋吉兵衛と申すもので、そのような御方では御座いませぬ」

「この、駕籠と駕籠舁きは如何した。南都商人とどのような関係か?」

与力は左之助を呼んで命じた。

「顔の見分を致せ」

頭巾を被った左之助が見分を行った。

背丈容姿は中肉中背で、天満山役人村で弓削と密会していた者と似ていた。

次は証拠の顔の頬の傷の確認だ。

玄関の明かりを頼りに見るがわからない。右頬を触ってみると傷の窪みが感じ取れない。何度、触ってもつるつるしていた。

「与力様、この男は作兵衛では御座いませぬ」

「間違いないのか?」

「ほ、頬の傷が御座いませぬ」

「だから、申し上げておりますように、わたしは南都商人大和屋に御座います。御人違いで御座います」

取り押さえられた男が言った。

「戯け者、それだけでは許さぬ。奉行所で取調べを致す。全員、奉行所まで引き立ていい」

頭巾の新八が駕籠舁きの一人を見て、

「見分の方、こちらの男はどうか?」

中肉中背で駕籠舁きにしては年配の者を見つけた。

男は、驚いて、

「な、なにをおっしゃいます。わ、わたしは唯の駕籠舁きに御座いますがな」

新八が、

「駕籠舁きにしては体格が貧弱じゃ」

左之助が近くに遣って来て、体格容姿が似ていることに気が付いた。

「顔の傷を拝見させてもらいますで」

駕籠舁きは、顔を触らせないよう暴れた。

捕り手が押さえつけて、左之助に触らせた。

「この顔、見覚えがありますで、おっ、頬に傷もあります。この男が間違いなく作兵衛で御座います」

与力が慌ててやってきた。

「ま、間違いがないのか？」

「間違い御座いません」

与力が、声高らかに、

「天満山作兵衛とその一味、只今召し捕ったり！」

「ひ、人違いに御座います。わ、わたしは唯の駕籠舁きに御座います」

「この期に及んで、変装までしての遊興三昧か、不埒千万、不届き者は牢屋敷で聞き糺す。覚悟致せ、じたばたせずに神妙にお縄につけい！」

　奉行所与力同心にはできない遊興三昧に、普段の鬱憤が含まれている。

　抵抗した駕籠舁きは多勢を相手に奮闘したが、打ちのめされた。

　天満山役人村頭作兵衛と駕籠舁き八名と揚屋の店の者数十名が捕縛された。

　この揚屋も、作兵衛の息が掛かっていて、向いの女郎屋の婆さんの親戚の仲居も、この中に含まれていた。


　向いの女郎屋の婆さんに礼と祝儀を渡し、その後、三人で飲みに行こうと道頓堀東端のいつもの居酒屋〝姫屋〟に向かった。

　左之助が、

「今日は、新八がおらぬなら大変なことだった。礼を言うよ」

「しかし、これで新八の正体が見破られた……」

　長吉が言った。

「なぁ〜に、今日俺を知った役人村の奴らは牢屋敷送りさ。二度と生きては戻れぬ。心配は要らぬ。他の者には分からなかったはず、俺たちは闇の中の猿さ。町中《まちなか》で正体がばれぬ限りは人で居られる。なぁ、長吉」

　夜の道頓堀を東に向かった。

十、大黒風呂湯女《ゆな》里子

文政十一年も残り少ない十二月は師走を迎えていた。

長吉は、久しぶりに高津町の湯屋に行くことにした。

大黒風呂の大暖簾を分けて入って、馴染みの里子を呼んだ。

待たされることなく里子が来た。

漆喰の洗い場に入ると湯桶に湯を入れて背中を流してくれた。

「今日は、早かったたな。馴染みの客が付いてくれないのか？」

長吉の言葉を無視して里子が元気なく言った。

「喜蔵、今日は二階に一緒に上がって……」

二階は湯女が風呂の後、娼妓に身を変えて端女郎屋と変わらぬ事をする場所になる。

「どうした。いつもらしくないな？」

里子は、いつになく元気がない。

黙って、前も洗い出した。長吉の下の恥毛を見て、

「あっ、毛がない。自分で剃っているの？」

この前に来た時にこの女に剃ってもらった。その後は自分で剃っている。

「ああ、髭を剃った後……」

俯《うつむ》いている目から涙が落ちている。

「泣いているんか？」

「うん」

「なんか、あったんか？」

「こんなことしている女は一生幸せになられへんの？」

「なんで？」

「うちは捨て子。ひとりで強う生きよう思おてここで一生懸命働いてきたけど、うちには親も兄弟も誰も家族は居てへん。寂しいな、思ても誰にも甘えること出来へん。つくづく今日そう思た……」

この女の住む天王寺役人村は、捨て子など孤児の受入れをしていた。

里子も、捨て子として育てられ、成人してここで働いている。

「男に振られたのか？」

今日の里子は、一方的に自分の話をしてくる。

「女の幸せって何《なん》やと思う…？」

「子供を産んで母になる……ことではないのか？」

「そしたら、よっさん、うちのこと……貰ってくれるの？」

小声で返した。

「……」

長吉は次の言葉を失った。

「青楼の太夫なら金持ちの旦那が付いて身請けされるか御妾に囲われるか……それが幸せ？　身を売るこんな仕事から抜ける出すことが幸せになれる？」

里子は長吉を見つめて、

「うちら湯女や端女郎はそんなこと無理や！　食べる為には、うちらにはこんな仕事しかないやん。食べる為に一生こんな仕事してやなあかんのん。歳とったらどないなるん。ここで男見つけるん？　こんな所《とこ》色町って言うけど、皆は悪所と言《ゆ》うてる。男は好きで来るくせに、都合のええ時は悪所にするんや。うちらそんな所で働く悪い女なんか……」

大粒の涙が目から溢れていた。

女性が食べていくには、若いうちに結婚し男性に頼るか、手に職を身に着けて収入を得るか、風俗的な仕事となる。借金の形に遊郭に来る者でも、身請けや囲われ妾で良い金持ちにでも見染められれば幸運を掴めることにもなれるが稀である。里子も自分の将来を悲観して、家族もいない自分の身に不安の思いに駆られたのか。

「誰かに、そんなこと言われたんか」

長吉の言葉に答えなかった。余程のことがあったのだろう。付いた客が悪かったのか、詰《なじ》られたのかもしれない。里子は長吉に抱き着いてきた。

「よっさん！　うちを思いっきり抱いて」

溢れる涙がとまらない。

長吉は追加の料金を払って、二階に上がった。

二階に上がって待っていると、里子は娼妓の着物を着て酒を持って遣ってきた。

黙って、猪口に酒を注いだ。一気に飲み干すと、

「少しは、落ち着いたか？」

空の猪口を里子に渡して酒を注いだ。

「飲め」

酒を奨めた。その酒を里子も一気に飲み干した。

「もう、嫌になった。うち、ここやめようと思てるの」

「やめて、どこへ行く」

「わかれへん」

首を横に振った。そして、

「よっさん。……喜蔵、今日はうちのからだを無茶苦茶にして」

「えっ」

急に何を言い出すのかと驚いた。長吉には、今日の里子の心が読めない。

「俺は、こんなことしか、ようせんで……」

里子の乳房を掴んだ。里子はその手の上に自分の手を置いて、

「ええよ」

長吉は、里子の小さな唇に口を重ねて強く吸った。

そして強く抱いた。里子も強く抱き返してきた。

二人は時間を忘れて激しく愛し合った。


行為の後、無言の時が過ぎた。

「喜蔵、子供出来たらどうする？」

「うむっ」

唐突に何を言い出すのかと、また長吉は驚いた。

「今ので、か？」

「たぶん……」

「俺をなぶるのか」

「ふふっ」

里子の泣いていた顔が微笑んだ。

「嘘、そんなことわからんよ。よっさんの子ならうれしい……けど、子供が出来たら、うち、もう一人っきりと違うもん」

長吉に体を寄せてきた。

「……」

返す言葉がなかった。里子の言葉に長吉はもう付いていけなかった。

「あんたの子なら、一生大切に育てるよ」

顔を背けて言った。

「ううん、別に一緒になってなんて言えへんから」

もとの里子に戻ってきたような気がした。

「あんた、猿と違うん。あんたに何でも喋らされてるみたいな気がする」

「……」

さっきの話での動揺が大きく、この言葉に反応出来なかった。

この女には、猿と悟られても、もうどうでも良いと思った。

「そんなこと、うちどうでもええけど……」

今日の長吉はどうかしていた。里子に心を乱されてしまった。

長吉は動揺したまま湯屋〝大黒風呂〟を後にした。

そのまま、長吉はいつもの島之内の活洲料理屋で酒でも飲んで落ち着こうと思った。

行けば、先客で左之助がいた。

「おう、長吉ではないか。浮かぬ顔をしてどうした？」

「別に、そんな風に見えるか？」

「機嫌も悪そうやな」

左之助は長吉の様子を気にしてくれたが、別に話があった様だ。

「俺の話が聞けるか？」

この言葉で、長吉の頭は瞬時に切り変わった。

「何か起こったか？」

「天満山の作兵衛が捕らえられたことで、弓削と鳶田谷の久右衛門が動いた。これで、新町の八百新と土佐堀の葉村屋も動くはずだ。俺は鳶田谷、久右衛門とは同じ役人村、俺の弟子たちを使って久右衛門を調べさせた。頭ではなく、長吏年寄りなので表には現れぬ者と言うことが判った。だが、天満山作兵衛と兄弟の契りを結んだ仲、弓削の仲間が捕らえられて、鳶田谷にも必ず連絡が来よう。時の問題だ」

「左之助はどうしたいのだ」

「鳶田谷に暫く戻って、一旦、頭の指示を仰ぐことにする。村に出入りする者全てを洗い出す」


松屋町にある牢屋敷では、千日寺の吉五郎に厳しい尋問がなされていた。捕縛されてから二月ほどになる。十一月上旬に捕縛されていた天満山作兵衛にも厳しく問い糾された。

当初は、人違いだと言い張っていたが、大塩平八郎以下盗賊改め吟味役与力、同心による尋問は、拷問によるもので、叩き、火責め、水責め、逆さ吊り、石責めであった。

吉五郎から、作兵衛と鳶田谷久右衛門は三兄弟であると白状させ、弓削との関係を尋問中であるが、この時、もはや千日寺吉五郎は生死の境を彷徨《さまよ》っていた。

大塩平八郎から西町奉行所の者へは厳しく立ち入りを禁止させ、その状況を見せなかった。当然、西町奉行所与力弓削新右衛門への情報漏洩を防ぐためである。

大塩は、作兵衛に対し、

「吐かぬなら、吐くまで石を積め！」

と、石を五段まで積ませ、脛の骨が砕けるほどにまでして、漸く口を割った。

天満山作兵衛は、これには根を上げて、

「三人兄弟と言えど、鳶田谷清八が兄貴分で、わしらは手先も同然、全ての悪知恵は清八めが考えております。悪者の張本人は清八に御座います」

さらに同心が鞭を振り、作兵衛の背を打った。

「弓削との関係、清八の正体、居場所を残さず申せ！」

「き、清八の居場所のみは、わしらにも明かさぬ、し、知っているのは弓削。長年の友に御座います」

声をしぼり出すように、さらに言った。

「かつて、清八は盗賊で、それを見逃したのが弓削と聞いて御座います。それ以来の、仲で御座います。久右衛門は年寄りになってから名乗って居ります」

清八の特徴は、不気味な顔の特徴と、片足が悪いというものであった。

十二月の鳶田谷には上町台地から吹き降ろす風が強かった。

左之助は村では〝佐助〟と呼ばれていた。直属の上司は小頭で角右衛門と言う。

その角右衛門から、

「佐助は大塩様配下となって、もうどれ位になる」

「かれこれ、七年となりまする」

「よき配下として尽力しておると聞きおる。若き者の頭と言えども、大塩様直下の〝猿〟の行動は関知せぬし、他の組の〝猿〟のことは関知せぬが村の掟。村の中の諜報は万が一、遣っていることが露顕すればおぬしの命は無きものとなる」

「それは、町中でも同じで御座います。覚悟は出来ております」

「大塩様に命を預けておると言うのか」

「いや、使命を全うしたいだけで御座います。大塩様の配下となって働く者は他にも御座います。われら同志の為にも」

「久右衛門は又の名を清八。長吏年寄りを務めて居るぐらいで、小頭にはその正体は明らかではない。探索に弟子達を使うは良いが、危険なことは止めにしてくれ」

「はい」

鳶田谷役人村で、一日村内に居ることがこれまでなかった。

意外と広く、人の出入りが判りにくかった。ぶらぶら、うろついている方が反って不審に思われるので、小屋の中から四方を窺った。数日、見張った。

その間に、まだ若い弟子の〝為吉〟という者を付けてもらった。

「為吉はいくつになる？」

「十七歳に御座います」

「若いな」

この時、気付いたことがあった。人が余り来ない火葬場の小屋に僧侶が度々訪れるのである。

葬儀ならともかく火葬もないのにである。

「為吉、火葬もないのに火葬場に僧侶が良く訪れるが何故か？」

「さあ、火葬場なので、僧侶が訪れても気にも留めていませんでした。そんなにですか」

「ああ、若い女を連れてくる僧侶もいるぞ。誰と会っているのだ？」

「さあ、分かりません。なぜでしょう？」

為吉が聞いた。

「何故なんだろうな……、猿は疑問に思ったらそこから探る。覚えておけ」

左之助は為吉に言った。

「今夜、火葬場横のあの小屋に潜んで内部を窺おう」

「わたしは、何をしたらよろしいでしょうか？」

「俺のやること良く見ておれ、その間、小屋の外で控えて居てくれ」

左之助は腹を括った

十一、鳶田谷での死闘

左之助は火葬場横の小屋に誰も居ないことを確認して入った。

小屋なので扉に鍵など付いていていない。土間があり、板の間中央に囲炉裏があるだけの小屋だった。墓守か骨拾いの火葬番人用の物のようだ。

人が潜むと、誰も来ないものだ。何日か、棒に振った。

そして、三日目の夜、十二月の夜は冷たい。

冷たさを更に増すかのような満天の夜空に月がくっきりと見えた。

左之助は、壁に立てかけてある木材の裏に潜んだ。

どこからか、灯りを持った者がいつの間にか出て来て、囲炉裏に火をつけた。ぱあっと部屋内部に灯りが広がった。潜んでいる左之助の場所からは遠い。老人のようだ。

暫く、そのまま待った。

扉が開いて、僧侶が女を連れて入って来た。

「また、お、女を引き取るのか？　ようも、こ、懲りずに次から次へと、坊主とは達者なものじゃなぁ」

言葉付きに癖がある。

男が立ちあがって、女に近づいた。

「おっ、脚が悪い、これが久右衛門か」

灯りが燈されているので左之助からも見えた。僧侶は頭を掻きながら、

「また、費用は工面するよって、大事に扱ってくれるか」

「こ、これくらいの、器量良しなら丁寧に面倒を見よう。ひ、ひひ……」

不気味に含み笑いをした。破壊僧侶が愛人を隠しに来たようだ。

僧侶は腰をかがめて、何度も頭を下げて出て行った。

女だけが囲炉裏端に座らされた。何やら、小声で老人が女に話しかけている。小さな声なので、こちらには内容までは分からなかった。


更に時刻が経って、再び扉が開いた。

今度は頭巾を被った細身の男が一人、這入って来た。

「よう、参られた。ひ、久しぶりじゃ、書付をもらって待っておりました。と、殿、お一人で参られたのか？」

「そのようなことを致しはせぬ。舟で難波御蔵まで来て、後は駕籠で参った。十人は引き連れている。塀の外に待たせてある」

塀とは鳶田谷役人村を仕切る板壁のことで、村の入口に待たせてあるということだ。

頭巾の男が言った。

「おぬしには貸しがある。河堀口《こぼれぐち》の僧侶一家惨殺、強盗事件では盗賊だったおぬしを打首獄門になるところ、わしが見逃してやったお陰で今があることを忘れてもらっては困る」

「それからの腐れ縁となっておるがの、あ、悪党の親玉は殿で御座るよ」

「また、女を引き取るのか？」

「堕落坊主の預かりの品じゃ、これも商売のうちよ」

喋っている間にもう一人、這入って来た。

「い、伊佐か、お前も来たか？」

久右衛門が伊佐を見つけて言った。

「殿が、お困りで御座います。千日寺の吉五郎と天満山の作兵衛が捕らえられて御座います。東奉行所配下が手柄で、西では手が出せませせぬ」

「殿には、ま、誠に都合が悪い話じゃな」

続けて、久右衛門が言う。

「それよりも、殿が動かれる方が危ないのではないかと存ずるが……」

潜んでいた左之助は、驚いた。

「頭巾の男は、弓削新右衛門ではないか」

弓削が現れたのだ。

「それに、あの伊佐は俺とは別の組の若き者で、選りによって幼いときに良き遊び仲間だった親友ではないか」

心のなかで呟いた。

「伊佐が弓削の猿なのか」

伊佐は村で呼ばれる名で、市中で呼ばれる名を左之助は知らない。

「ガタッ！」

「しまった！」

内心叫んだ。左之助が横の板切れを倒してしまったのだ。

弓削と久右衛門と伊佐が、音の鳴った左之助が隠れる木材の方を見た。

左之助は入口扉に向かって、音もなく影を縫って走った。

それ以上に、伊佐の動きが勝っていた。

扉の直前で左之助の着物の襟を掴んでいた。左之助の勢いに二人は転がりながら扉を打ち破って表に突っ込んだ。伊佐は必至に左之助を押さえ込んだ。

部屋の中から弓削新右衛門が叫んだ。

「大塩の手の者かも知れぬ。殺すな、奉行所で吐かす。生け捕りに！」

弓削の言葉を抑えるように別の声がして、

「み、見てはならぬものを見た奴じゃ、い、伊佐、構うな殺せ！」

弓削は口を開けたまま、おのれの手先の猿の命を覆した久右衛門の顔を見やった。

伊佐は久右衛門の言葉に従った。

地面に、左之助の顔を何度も打ち付けた。

呻くように左之助が声を発した。

「い、伊佐……、お、俺だ」

一瞬、振り向いた顔を見て、伊佐が驚いた。無二の親友の顔であった。

「佐助ではないか！　お、お前が大塩の猿だったか」

悔しそうに、左之助が言った。

「親友でも、猿と分かれば手加減はいらぬ。早く遣れ！」

「いくぞ！」

伊佐は、左之助の首を力任せに締め上げた。

左之助の意識は締め上げられるほどに薄れって行った。

その刹那、

「ガツン！」

という鈍い音が聞こえると同時に、伊佐の首を絞める力が緩んだ。

そして、左之助の上に覆い被さるように倒れ込んだ。

外に居た弟子の為吉が石で伊佐の頭を殴りつけたのだ。

そこに、追っかけてきた弓削新右衛門がおのれの命に従わなかった猿に向かって大刀をひらりと抜いて閃光を残して振り下ろした。その一振りは覆い被さっていた伊佐の後頭部を叩き割った。為吉の目の前で頭蓋が割れ、血しぶきが飛び散った。脳漿が噴き出したのだ。為吉は声も出すのも忘れて腰を抜かしたかのように尻もちをついた。

弓削は、そのまま村の入口目掛けて走り去っていった。

左之助は暫く意識が回復しなかった。

「佐助様！」

為吉に揺すられて我を取り戻した。

左之助に覆い被さっていた伊佐は、為吉が横に仰向けに払っていた。

上向いた伊佐の顔には、後頭部の一撃が強かったのか目からも血を吹いていた。

左之助の顔にも伊佐の血のりがべっとりと付いている。

伊佐を見た左之助は、

「伊佐！」

叫んで伊佐を起こそうとしたが弓削の一撃で即死していた。

「弓削は？　久右衛門は？」

左之助は左右を探した。

為吉が、

「弓削はもはや逃亡致しました。中に久右衛門は残っているはずです」


左之助と為吉は恐るおそる小屋に歩み寄った。

左之助は、懐に入れていた若き者が持たされている木（黄）鞘の脇差を抜いた。

玄関の扉は先ほどの衝撃で飛ばされてない。

小屋の中の囲炉裏の炎が光となって入口から揺れている。


入口の両側から顔だけを覗かせて中を見た。

久右衛門も僧侶が連れてきた女も忽然と消えていなかった。

左之助と為吉は顔を見合わせた。

躊躇う為吉に勇気を与えるよう、左之助は力を込めて、

「為吉、中に入るぞ」

為吉は勇気を奮い立たせ、

「は、はい」

中に踏み込んだが、人気がない。

為吉が、外で見た通りの事を言った。

「久右衛門は外に出た気配はなかったです」

「僧侶が連れてきた女もここに居たのだ。どこへ隠れたか逃げたか？」

二人で、小さな部屋中を探してみたが人っ子一人いない。

「これは、どうしたことか？　訳がわからぬ」

「隠し部屋か、抜け道が隠されているのかも知れん」

「為吉は囲炉裏の火のついた木を一本引き抜いて、小屋の外を見回って来てくれ。俺はこの部屋をもう一度見てみる」

為吉に指示すると、左之助は板張りの壁を一枚ずつ叩いて、突き上げ戸になっていないか調べた。もし、突き上げ戸になっていれば外から見ればわかる。壁に細工はない。

板の間の床をよく見てみると、久右衛門が座っていた場所に座布団が残されていて、その下は二尺四方程の板がはめ込みになっていた。指がかかるよう二寸ほどの切込みが入っている。左之助は頷いた。

「これか、地下の抜け道だ……」

左之助は囲炉裏から少し長目の木に火を移し、はめ込みの板を剥がしてみると、穴が見えそこに階段が付けられていた。為吉を呼ばずに左之助はそのまま地下に降りて行った。

地下道である。左之助は暗い地下道を木の炎を頼りに進んだ。

突き当りは久右衛門が言う穴蔵である。

「なんだこれは、洞穴に建物があるではないか？」

暗いので、道の所どころに行燈が付けられていて灯りが燈っている。その灯りを見て木の炎を消した。人がいる気配がある。

建物は書院造りで木材には黒漆塗りが施され壁は銀貼りだった。障子戸の向こうに部屋の灯りが燈っている。

「人がいる」

玄関から入らずに光が漏れる庭先の障子のある廊下伝いに回って、中の様子を窺いにいった。

左之助は、この場所を戻って連絡するか迷っていた。

先ほどの、伊佐との格闘で、左之助は少し頭が振らついている。

忍び足で廊下伝いに歩いて、障子に顔を近づけたときに、よろめいて障子を突き破ってしまった。

中に、先ほどの女と着替えをした久右衛門が座っていた。女は上半身を裸にされ久右衛門が女の背中を流していた。

左之助はよろめいて障子ごと部屋に倒れこんだ。左之助の顔は伊佐の血で真っ赤に染まっていた。死人が生き返ったような形相をして立ち上がった。

久右衛門はそれを見て驚き、

「死にぞこないめ、伊佐に始末されなかったのか！」

女を拭いていた手拭いを投げつけた。

飛んできた手拭いをかわし、左之助は右手に木鞘の脇差を構えて、

「この期に及んでは、仕方がない。死力を尽くして貴様を召捕る」

「この穴蔵を見せたからには、生きてはおぬしを逃すまい」

久右衛門は血だらけの顔で、左之助がよろめいたので負傷を負っているものだと思ったようだ。

「その体でか？　俺は伊佐との格闘で一つの傷も受けていない。この血は伊佐の血よ」

左之助は、久右衛門に年齢と身体の不利を認めさせ、死闘の無意味さを諭した。

「う、うぬも猿を遣るからには、人並み以上の心得を見に付けておろう。くくっ、それくらいのことは分かって居るわ！　されば、ここを一瞬にして吹き飛ばして何もなかった如くにしてくれるわ」

「出来るものなら、遣ってみろ」

左之助が言い返した。にやりと、久右衛門は笑って、灯りの燈明を持ち上げてかざした。

「ここは、いざのことを考えて、天井に火が点くと火薬が爆発して洞穴は一瞬にして埋もれるようにしているのだ」

「なにっ！」

「お、思い知れ！」

菜種油の入った燈明を一気に壁から天井目掛けて振った。瞬間炎が円弧を描いて走り、一気に火の手が回った。

「きゃー」

そばにいた上半身裸の女が叫び、胸を押さえて部屋から逃げた。

「はっ、はは……、うぬも道連れよ」

左之助は目を大きく見開いて、

「む、むっ！」

と、一言発した左之助の脚は畳に凍り付いた。

小屋の方では、為吉が部屋に戻ってきて板の間の開けられた開口で、顔を突っ込んでは様子を窺っていた。

「バ、バーン。ゴ、ゴーッ」

深夜の鳶田谷に轟音とともに上町台地の西斜面の一部が陥没した。

爆風が地下道を伝って小屋の板の間を覗いていた為吉を吹き飛ばした。


翌日、鳶田谷に昨夜轟音とともに斜面が陥没したとの通報が奉行所にあり、事故見分に東町奉行所盗賊改め方吟味役与力大塩平八郎と他の与力数人が馬に乗って遣って来た。

同心と奉行所からの供回りも併せて三十人ほどが駆け付けた。

十二月は西町奉行所が当番月であったが、事件柄東町奉行所も東西奉行間の申し合わせで、大塩が緊急待機を命じられていて、この報を受け取った。


長吏屋敷に長吏と組頭の七人が呼び集められた。

大塩平八郎が問い糺した。

「何事じゃ、事件か事故か」

鳶田谷長吏が落ち着いて、

「地滑りでは御座いませぬか」

「雨も降らずに、このような地質の場所では考え難いことと思われるが」

長吏が上町台地の西斜面を指差し、

「斜面のあの部分が窪んでおりますので地中の空洞が崩れたことも考えられます」

同道した与力が、

「火薬が爆発したような音がしたとの報もある。聊《いささ》か火薬の臭いがせぬこともないが」

鳶田谷の処刑場、火葬場及び小屋、灰捨て場には被害がなかった。

ただ、小屋の前で若き者が一人後頭部を切られて死んでいた。

左之助弟子の為吉は吹き飛ばされて打ち身程度の負傷で無事だった。

大塩から、

「鳶田谷には久右衛門又の名を清八と言う男を知りおろう。その居所を調べに、わしの手の者をここに入れた」

一人の小頭から、

「佐助と申す若き者が昨夜から行方不明で御座います」

又、別の与力が言った。

「斜面の陥没事故はともかく、ただ今より鳶田谷の久右衛門、又の名を清八と申す者を逮捕致す。神妙に自首してお縄に付け。今、申し出たなら御赦免も考えよう」

大塩平八郎が、耳に響くように鋭く、

「申し出が、なければこの村の者全員を引き立てる。構わぬな」

長吏が、

「そのようなことに相なりますれば、御奉行所様のお仕事が叶いませぬ」

「他にも、役人村はある。構わぬ」

大塩が不動の構えで毅然として言った。

「長吏、おぬしは久右衛門を知らぬとは申させぬ。ことを大きくしたくなければ、どの者か白状致せ。わしにだけで構わぬ。では、主の部屋で茶を所望致す、通せ」

大塩が良く通る声で厳しく言った。長吏が配下の目を気配って喋れないと瞬時に判断し、一人で話を聞くという大塩独特の機転である。


長吏の部屋で、大塩と二人で話し合った。

長吏から、

「久右衛門と佐助が不明にて御座います。村から逃走をした気配もないことから、昨夜の落盤で二人とも生き埋めになっているかも知れませぬ。師走のこの時期に、ひと二人を掘り起こすのに、大変な工事と相なりまする。佐助の上司で小頭に角右衛門と申すものが居り、この組の弟子に為吉と申すものがおります。この者からの話に御座います」

「左之助が死んだと申すか……」

大塩が珍しく表情を曇らせた。

「久右衛門も生死は定かでは御座いませぬ」

「では、久右衛門の替え玉で構わぬ。替え玉が捕縛されれば本人も現れにくくなる。弓削との今後の連絡が途絶えたかどうかでも、生死の判断が付く。久右衛門の替え玉と仲間として弓削の手先として働く者を捕縛したい」

「今に御座いますか?」

「左様、弓削の手先として働いていると思われる者、全て」

「全てとなりますなら、猿狩りでも致さねばなりませぬ。直ぐには、御望みが叶えられませぬが」

と長吏が毅然として言い返した。

「ならば、今ここで分かるだけの者で良い。一刻後に小頭より引き渡すよう、長吏として命じて欲しい」

大塩も気迫を込めて言い返した。長吏と大塩の火花を散らす静かな戦いだ。

かくして、鳶田谷で久右衛門とその一味として弓削の手先に使われた若き者が捕縛された。替え玉久右衛門は牢屋敷にて厳しい尋問が浴びせられることになる。

十二、弓削新右衛門捕縛の目論見

文政十一年も残すところ少なくなった十二月の中旬。

東横堀川本町橋近くの西町奉行所に非番月の東町奉行高井山城守が訪れた。御用談ノ間で、東町奉行高井山城守と西町奉行内藤隼人正、東西奉行が顔を合わせたのだ。

高井山城守から、

「弓削新右衛門は如何致して居る」

「依然、悪びれもせず泳いで居り申す。高を括っておるので御座ろう」

「弓削に染まっておる長吏役人村の姦悪は大塩が捕らえ、牢屋敷にて糾弾中である。これらとの関係の露顕も時の問題というに、余程、我々奉行を飲んでかかっているようじゃ」

「当方内部の恥、何と申し上げれば良いか言葉もあり申さぬ」

「いや、今に始まったものでは御座らぬ。大坂の前々からの慣習に御座る」

「しかし、弓削は些《ち》と行き過ぎとは思われる」

「清八を頭に盗賊せしめし金銀財宝を掠め取る親玉が弓削新右衛門とは明白な事実。この頭に讃岐、播磨、南都にまでも公儀を騙り役人に成りすまし、賭博の金を強請り悪事の限りを尽くし、さらには堺町奉行水野遠江守以下与力伊藤吉右衛門、戸田丈右衛門まで引き込み魔の手を広げようとする処。堺町奉行はもはや奉行にあらず、追って江戸表より免職の沙汰が下されようが、これも内藤殿が退任した後となり申す」

「ここで、灸でもすえねば他の与力同心に示しがつかぬ。このようなことに打って付けの男が一人いる。東の大塩平八郎、この大塩に今後を任せることにしたい」

　高井山城守が、思いを述べた。

「また、大塩で御座るか、男を上げ申しまするな。当方からは、まだ若い内山彦次郎を盗賊改め方に引き上げた。お役に立ち申すか」

「弓削に染まっていない者ならば」

　山城守が続けて、

「捕らえた長吏三兄弟は東の牢屋敷で吟味中じゃが、千日寺の吉五郎は獄死寸前。天満山の作兵衛は罪を鳶田谷の清八に押し付けて兄弟の兄貴ですべてがこの者に責があると申しておるが、この清八は身代わり。本人は爆死したと報を受けて居る。しかし清八が死んで居なくなっては弓削との繋がりが消えてしまうことになる。これは弓削に脅威を残しておく為に仕組んだ策じゃ。親玉弓削は明らかじゃが、残る八百新と葉村屋に弓削との関係を吐かせれば弓削の嫌疑は間違いのないものになる」

　山城守は隼人正に念を押した。

「清八のことだけは、弓削に看破されてはならぬこと。西でも充分に取り扱ってほしい。何れにしろ、長吏三兄弟及びこの関係者の牢には、申し訳ござらぬが西の奉行所の者は出入り差し止めにしてほしい。ここは東で全てを取り仕切る」

「内山彦次郎もか……」

高井山城守は大きく頷き、

「勿論。話は直接わしが包みなくお伝え申すので御安心召されよ……。さて、弓削逮捕の時期じゃが」

続けて言う。

「内藤殿の江戸参府時期を江戸表には年明け（文政十二年）三月で計ってもらっている処、その後を考えて居るが時期を遅らすわけにはいかぬ。西殿が参府されるその見送りに弓削を同道させたい。その間に、大塩が捕縛の準備いたす。夜半の屋敷帰宅となろう、その帰宅を見届けた上で逮捕としたい」

更に続けて、

「弓削逮捕とならば、一族一統お家お取り潰しは免れぬ。一族の先手として自刃、詰め腹も考えられるが、弓削は自らの腹を切るような男でないと考えて居る。弓削の同道で策を気取られて弓削の逃亡も考えられる。この監視には、内山彦次郎は如何なもので御座ろう」

「良く、考えておられるな」

漸く、内藤隼人正が声を出して感心した。

「ここまでせねば悪は成敗でき申さぬ。内藤殿の後に就任される西町奉行に弓削の息の掛かった与力同心は皆、一新してもらえればと考え居る。その前に、三兄弟と繋がりある八百屋新兵衛と土佐堀葉村屋喜八を取押さえ、破壊僧侶の一掃も考えて居るが、これは今後順序良く進めていくことにする。大塩平八郎しかこのような仕事は扱えぬ」

山城守は隼人正を見て、言った。

「内藤殿、長きに亘り大坂奉行をお勤めさせて頂いたが、お互いこの辺を引き際に致そうではないか。わしはもう六十六歳になる。わしも直に西殿の後を参るじゃろうて」

西町奉行内藤隼人正と東町奉行高井山城守は大坂奉行に前後して就任している。この時ほぼ十年近く東西奉行の職に就いていた。特に高井山城守は五十七歳での就任で当時の寿命年齢から高齢で奉行を務めていた。

この後、その年齢から退任を余儀なくされ、大塩平八郎与力職退任へと繋がる。


そのころ、島之内の活洲料理屋で長吉は天満の新八と会っていた。

「左之助の消息が分からぬ。鳶田谷で久右衛門を探りに行って、大塩様からの話ではあるが久右衛門と一緒に生き埋めになったと聞いた」

「久右衛門三兄弟が捕縛され弓削との連絡が遮断されることになるが、久右衛門が生き埋めなら牢屋敷の久右衛門は誰なのだろう。左之助のことだから何とか生き延びているのではないか、俺はそう信じたい」

と新八が言った。

与力配下の〝猿〟は、命令に従って動くが、状況や結果の詳細情報は知らされない。〝猿〟には必要のない情報以外は知らされないのである。

「ならば、良いが。心配だ」

「長吏役人村の弓削関係者が捕らえられたので残りは、八百新と土佐堀」

「こちらは町人だし、八百新と弓削は妾で繋がっている。年の瀬も近いことだし、早く居場所を突き止めて捕まえてしまおう」

「俺は、弓削屋敷と土佐堀を当たる。お前は、得意の新町でもぶらつけば何か出てくるかも知れぬ」


長吉は、昼過ぎの七つに新町遊郭に入った。

八百新のある九軒町の様子を探った。年の瀬も近づくと奉行所から出される質素倹約の御触れで正月の注連縄にまで制限が出されるが、この花街《かがい》では正月の支度が盛んに進んでいて活気がある。突き当りの西側まで行って戻ってくると、新堀町だ。九軒町の八百新が見える新堀町の角の端女郎屋に行き着く。

あの角の端女郎屋は美花の店だが、今は九郎右衛門丁に移っていた。未だ、ここに居るのだろうか、やり手婆さんに聞いてみることにした。

短い暖簾越しに頭を入れようとしたとき、見世部屋の娼妓《おんな》が目に入った。

「あの娼妓は美花?」

美花に似たような娼妓が座っている。向こうも長吉を見ていたようだ。

視線が合うと娼妓が軽く頭を下げた。

「美花だ」

頭を突っ込んでやり手婆さんに、聞いた。

「見世部屋に居るのは美花か?」

「そやけど、揚がりなはるんか?」

いつもの婆さんではなかった。

「美花に聞いて、来る日を決めるから」

頭を引いて見世部屋の格子窓から美花に声をかけた。

「今日はこっちか?」

頷いて、

「今日はこっちって言われたの、だから……。今日?」

美花は大きな目で長吉を見つめて、今日揚がるのかどうかを聞いた。

「いや、美花は今度、何時来る?」

「明日、むこうの店よ」

明日は自分の都合が悪い。

「その後は」

「今は、分からないわ……」

「四日後の昼はどうか」

「じゃ、ここに来るけど夕方には用事があるから暮れ五つには帰るわ」

「それで、いいよ。必ずこっちに来る。婆さんに言っておこうか？」

「あのおばさんは新しいから、言わなくっていいわ」

「わかった、来るときには描いた絵を持ってくるから楽しみにして居てくれ」

微笑んで、頷いてくれた。


そのまま、東に進んで新京橋町の方へ向かった。

通りの向いにも端女郎屋が並んである。斜め向いにある女郎屋の見世部屋から視線を感じた。中に居る娼妓が小さく手を振っている。

「こんなところで俺を知る娼妓《おんな》がいたか？」

誘われるように置き見世の方へ歩み寄ると、手を振って笑っている娼妓の顔が見えた。湯女の里子ではないか。

「よっさん、うちよ。分かる？」

「なんで、お前がここに？　湯屋は本当に辞めたのか？」

頷いて、

「そうよ、ここからあの店が良く見えるの。店の前に来た時から分かったわ。こっちに来てくれへんかったら、どうしょうって思った」

「そうか」

「あの娼妓《こ》が好きなの？」

「……」

急に向こうの店のことを聞かれて、長吉は戸惑った。

「今日は、揚がって呉れへんの？」

向こうから見えているかも知れない。

「また、日を改めて来るよ」

「忘れんといてな。うち、昼間だけよ、夜は違うことしてるから」

「わかった……」

選りによって、こんな近くに里子が来ていた。

こんなこともあるものだと長吉は思った。


長吉は久しぶりに会った里子と先に会うことにした。

美花と約束をした日の二日前の昼前九つに、再び新町遊郭新堀町にやって来た。

日差しは緩く、昼前なので人通りは疎らであった。

この前の店の置き見世を覗いたが、里子は居なかった。

店のやり手婆さんに最近入った娼妓が今日居るか聞いた。名前は同じ里子を使っているようだ。

どうやら、客が付いて揚がっているようだった。

最低半刻は待たないといけないと言われた。今日は別にぶらつく先もないので、酒でも飲んで待ち部屋で待たせてもらうことにした。

朝風呂に入ってきて冷めかかった体を、昼前に飲む酒が一気に温めた。

横になって、いい気持ちで少し眠った。

うとうととしだしたころ、襖が開いて元気な声が聞こえた。

「長い間待たせて、堪忍やで」

長吉をと想定して馴れなれしく喋っているのか？

すぐに長吉だと気が付いて、

「あっ、やっぱり、よっさんや、うれしい、来て呉れたんや」

「場所を変えても、同じ名前にしているのか？」

「お風呂屋さんのお客さんも来ると思たし、その方が分かり易《やす》ない？」

「まあな。いつも、昼間のどの時刻にここに居る？」

「朝五つ（午前八時）から夕前の七つ（午後四時）まで、夜は別のとこへ行くの」

「夜もこのような店で働いているのか？　良う働くなぁ」

「夜は違うよ、お風呂屋さんは辛《えら》い割に、お手当が少ないし、ここの方が沢山もらえるから」

「いつから、この店で働いている」

「あの後、直ぐくらいよ」

「へぇ」

「あっ、怒られるわ、早よ時刻決めて。お酒もまだ要るやろ」

「線香一本でもええか？」

「よっさんの都合でええよ。うち銀十五匁貰っているんだけど、構めへん？」

「少し、時刻を延ばしてもらえよ」

「うち、まだ入って新しいよって、おばちゃん聞いてくれるかわからんよ」

湯屋の湯女としての経験から客扱いが上手いからか値段が高い。

一旦、里子は支度をしに出て行って、酒を持って戻って来た。

「いやぁ、ほんと久しぶりやわ、どうしてたん」

懐かしそうに喋った。そして、酒の酌をしてくれた。

「それは、こっちの台詞や。心配していたよ」

「ごめんな、ありがとう」

里子は、急に話を変えて、

「あんた、向いの店のあんな娼妓《こ》が好みなんや」

「ああ、不思議な魅力があるな。玄人ではないよ」

「歳は、若い娼妓《こ》なの？」

「お前より、上だと思う」

「この店の見世から向こうの見世、良う見えるよ。あの娼妓《こ》たまにしか来えへんけど。来る時も帰る時も見かけることがあるわ。時間もばらばらやけど、お客さんが付くの多いみたい。うちとどこが違うの」

「俺と、同じような思いの奴が多いのかも知れん」

「悔しいわ」

こちらも話題を変えた。

「絵を描かせてもらっているよ。お前も描いてあげようか？」

「そんなこと出来るのや、知らんかったわ。じゃ、今から描いて」

「今日は、そんな時刻もみてないし、今までのお前の顔を思い出して、今度来るときに描いて持って来るよ」

「あかん、こんな話だけで終わってしまうわ。早よ、しよう！」

着物を脱ぎだした。長吉も合わせるように着物を脱いだ。

「あっ、毛がない。まだ剃っているの」

長吉の下半身を見て言った。

「ああ」

「そんなことしていたら、剃刀《かみそり》負けするよ」

「別に、なってないよ」

布団の上で、長吉の裸体を温かい手拭いで拭いてくれた。

「あんた相変わらず毛が無いね。いつも肌もすべすべしているし、温かい……」

「風呂屋と同じように拭かなくっていいよ。朝風呂に入って来たし、酒を飲んで温まっている。

体はきれいにして来た」

　里子の豊満な体が密着して乳房が触れた。

「相変わらず、お前の体は冷たいよ……」

「ごめん、今から直ぐに熱くなるから」

　二人は絡み合って、愛撫しあい里子も興奮して体が熱くなってきた。

　前の客となのか、里子の園はもう濡れていた。

「毛触りが悪い、お前も剃れよ……」

「今度来るときまでに……。は、早く……」

　長吉は激しく腰を振った。

「あ、あっ、い、いって」

　里子が声を上げた。長吉も同時にいった……その瞬間、
　下から声が掛かった。直ぐに里子は我に戻り、身支度をした。

「里子ちゃ～ん。上がってやぁ」

　虚ろに潤んだ目つきで長吉を見て、

「へ、へっ。よっさん、丁度やったよ。今度はゆっくり来て……」

「お前……」

　この前言っていた子供の話はどうなったのかを聞きたかったが、

「なに？」

目が虚ろんでいる。この言葉で、長吉はもう聞かないことにした。

「いや、何でもない」

長吉は、この女にだけは付いていけない。

十三、八百屋新兵衛

四日後の昼の早めに端女郎屋〝花籠〟に来た。

今日は馴染みになったやり手婆さんだったので、長吉の顔を見るなり、

「美花ちゃ～ん。来て呉れはったよ」

と中を呼ばわった。

「は～い」

二階から、美花の声がした。この二人が店にいるときは特別な扱い方をしてくれているようで馴染みになれたような気持ちだ。いつも、気前よく線香二本を頼むので、その時間を見てくれている。

美花の案内で部屋に通されて、やり手婆さんが後から付いてきて酒を持ってきた。

どうしたことなのかと思ったら、

「これ、おばちゃんからの差入れ、先に飲んどいて……」

銚子を翳《かざ》した。

「それは、気を遣わすな。ありがとう」

婆さんの手酌で一杯飲み干した。

美花はそれを見て笑っていた。その後、準備をしに部屋を出ていった。

これまでに描いた美花の板絵を三枚机に並べて置いた。

準備を整えて酒を運んできてくれた。並べられた、その絵を見て、

「わぁ、すごい」

「みんな、あげるよ」

「いいの?」

「ああ、俺が持っていても仕方がない。喜んでくれる美花《ひと》が持つのが一番ふさわしい。大切にもって欲しい」

「勿論、大切にするわ。こんな絵、たくさん描いて売ればいいのに?」

「今は浮世絵の時代、売れる絵は北斎に広重さ。世間には油絵はまだ受け入れられないかも知れない」

長吉は美花を見て、

「今日は、特に良い笑顔をしている。俺を見て笑っているところを描かせてくれないか」

長吉は懐紙と筆を取り出した。美花が、

「いいわよ、どんな風にしたらいいの」

「俺の方を向いて、笑ってくれたら良《い》い」

「こう?」

長吉を注視して笑ってくれた。

「ああ、良《い》い表情だ。また良《い》い絵がきっと描ける」

自然とこんな会話が出来るようになった。

美花は長吉が絵を描く様子を楽しそうに見ていた。


その後、お互いに着物を脱いで、敷かれてあった布団に、二人横になり身体を合わせて愛し合った。絵を描いているうちに二人はもう濡れていた。いつものように激しい行為をした後、全裸の長吉の胸に美花が寄り添ってきて、目を閉じた。

そして静粛な時間を確かめ合った。

「終わった後のこの時が心を静める。こんな時刻を今まで感じたことがなかった」

「ほんと、わたしも、いい時刻。ゆったりしていて、みんな忘れるわ」

「もう、四月にもなる。長い付き合いになった。お前と出会えて本当に良かった。お前の不思議な魅力に引き付けられる。他の客も、同じかな?」

美花はちょっと、微笑んで、

「どうかしら」

「忙しそうだな」

「遣ることが増えて、自分の時が作れないの。本当に忙しわ」

「店の客も増えた?」

「決まった日に必ず来る人もいるわ、でも花代だけでそれだけ。だから、こんなこともないわ。

それだけで終わって……」

「遣ることが、いっぱいあっていいなぁ」

「そんなこともないけど、今しか出来ないことがあるの。後から、悔いの残ることはしたくないの、だから、今だけここで」

「しっかりした考えだ、勉強《ため》になるよ。確かに、遣りたいことは今のうちに遣っておかないと……悔いの残らぬように。誰かも同じようなことを言っていた」

「わたし……」

長吉は、喋っている美花の顔を見た。

口元だけで微笑んで、長吉を大きな目で見つめていた。

「もう、いいの……」

見つめていた目を逸らせて美花は言いたかった言葉を消した。

長吉は話を変えた。

「斜め前の店に、前から知っている女がいて、この店が良く見えるって言っていたよ。お前も知っているって」

「ふうん、そうなの。どんな娼妓《こ》かしら?」

「毛が邪魔だから剃れって言っておいた」

「なんて、言ってた?」

「剃るって……」

「ふ、ふっ」

いたずらっぽく笑っていた。

「美花ちゃ〜ん、そろそろ、上がってや」

「はぁ〜い！」

ゆったりとした時刻が流れていった。


毎年、年末に置屋、揚屋株仲間の会合が定例で開かれている。

こんな話も年末の遊郭に来たので知ることが出来た。

大坂三郷は南組、北組、天満組の三つの自治区から成り立っていた。その地区に六百二十の町があった。この新町遊郭の町は南組になる。農人町にある南組惣会所で会合が終ったあと揚屋、置屋では揚屋置屋株仲間の株主は自分の店に年末の挨拶に訪れることが多いという。だが、長吉は八百屋新兵衛の顔を知らない。

どのようにして、知らない顔を知り得るかを考えた。

揚屋の主人自ら店に来るようなことは滅多にない。店の者も顔を知る者も少ないはずである。特別な客を迎えるか、年末年始辺りに顔を出す時ぐらいなので、時期的には良い時期である。左之助が居てくれたら打って付けの仕事であったが、今は消息不明である。

文政十一年十二月二十九日、長吉は侍姿を装って、揚屋八百屋前で待った。

八百新の大玄関に人が大勢集まって来た。店の大番頭小番頭など主だった者が表に居並んだ。来賓か主人のお出迎えなのだ。

間違いがない。八百屋新兵衛が年始を迎えるに当たり年末の挨拶に遣ってくるのだ。

豪商が乗るような立派な駕籠で十人ほどの供の者を従えて玄関前に到着し、店の者が笑顔で歓迎している。駕籠から出た主人を歓待している者たちに、やさしい笑顔で応えている男が八百屋新兵衛なのか。

今日、侍姿で来た通りの筋書きを開始した。

「八百屋新兵衛様では御座いませぬか。拙者、西町奉行所与力様供回りの若党で浅利兵五郎と申すもの、御殿様よりの御用で遣って参りました」

長吉は、にこりと笑って、清々《すがすが》しく声を発した。

主人と店の者たちも一斉に長吉を注視した。

思いの通り、主人が、

「わてのことですか？　殿と言われても、どちらの御殿様のことで御座いましょう」

「あなた様が、八百屋新兵衛様で御座いますか」

長吉は再び強引に名前を聞いた。

侍姿が効いている。

「わ、わてのことですが」

長吉の筋書きに乗った。

声を出さずに長吉は大きく頷いて答えた。そして、その主人の顔を凝視した。

中肉中背ふっくらとした顔に穏やかな顔付きで、目鼻立ちはくっきりとした思った以上に男前な顔をしている。豊かな生活に馴染んでいるのであろうか色白である。弓削とは対照的であった。齢は五十歳を超えていそうである。弓削との繋がりが想像できない、品の良い中年商人体の男である。

この男の容姿、人相を確かに頭に焼き付けた。

「御殿様からの申し聞かせで、名前は伏せて家紋を申し伝えよとのこと。当家の家紋は〝上がり藤に弓の字〟で御座いまする」

弓削家の家紋である。

「わかりました。御用とは？」

通じたようである。

「御用はこの書簡にて、御確認願いまする」

表書きに〝下〟と書いた書簡を差し出した。

〝下〟は上位の者が下位の者に対して差し下す手紙である。

弓削の筆跡を真似て作った偽の書簡である。書簡の中身はどうでも良かった。

目的は八百屋新兵衛の顔を見ることにあった。店の小者が受取り、この主人に恭《うやうや》しく差し出した。

長吉は、それを見てお辞儀をして、新堀町とは反対の新町遊郭の西大門へ向かった。

美花や里子の目を避けた。

そのまま、西船場を北に向かって歩いた。

土佐堀に近い斎藤町という町で新八と会うことにしていた。立売《いたち》堀川、阿波座堀川、京町堀川、江戸堀川を越えて斎藤町に入った。

この斎藤町とは西横堀川は斎藤橋西詰めにある四方一町にも満たぬ小さな町である。

この小さな町にある居酒屋で落ち合うことにしていた。

新八が先に来ていた。

来る途中、人目に付かぬ場所で袴と大小刀を脱ぎ捨てて、町人姿に戻していた。

「やあ、長吉待ったぞ。どうだった？」

「八百屋新兵衛。確かに顔を覚えてきた。早々に人相絵を作る」

「確かに、お前が描く人相絵は生き写しだからな」

新八は湯呑を差出して、

「お前も酒を飲め」

長吉は一口、口に含み飲み干すと、

「顔を見る為に、弓削の偽の書簡を渡してきた」

新八が、聞いた。

「なんて、書いた？」

「正月明けの三日に弓削屋敷に来るよう求めたものだ」

「弓削も根の深い長吏頭三人を東町奉行所に抑えられて、間違いなく狼狽《うろた》えているはず」

新八が続けて言った。

「そのような、書付が届いてもまったく不思議ではない。ただ八百新もその書簡の真否を調べることも考えられる。でも、そんなことどうでも良いじゃないか。お前が顔を捕らえただけで十分だ。それに、その書付の御蔭で八百新が弓削と連絡を取り合うことが予測できる」

長吉が言う。

「弓削逮捕の時期を年明け三月と聞いている。ここらで、八百新と葉村屋喜八を取押えて弓削を包囲したいところだ」

「千日寺吉五郎は獄死したと聞いた。天満山作兵衛は鳶田谷の清八に罪を擦り付けていると聞くが、奴ら、清八が替え玉と気付いたので全てをおっ被せているのではないか」

新八は、同情して言った。

「さぞかし、替え玉清八は口の堅い親分とされていることだろうな。何せ、偽者ゆえ真の証言を、口を割らぬのではなく知らないことだものな」

「尋問する与力同心は本物清八として責めているはず。気の毒なのは替え玉清八ということか、とんだとばっちりを被っている」

「替え玉清八の真実を知るものは大塩様と御奉行様と俺たちくらいのはず、口が裂けても口外してはならぬ話だ」

新八が言った。

「鳶田谷の新右衛門と弓削に係わる猿も捕らえられた。鳶田谷でも替え玉清八のことは極秘裏になっているはず。その分、左之助のことも一切分からぬ」

長吉が新八に聞いた。

「土佐堀葉村屋喜八はどうなった？」

「もう一人、ここに来る者がいる」

「誰だ？」

十四、斎藤町の町医者と葉村屋喜八

新八が言うには、邪宗門事件の頃に知り合ったという。

この斎藤町に住んで長い町医者である。齢、四十半ば位か、文化年間の始めの頃から自著を書き綴っているらしい。世の中に起こる様々な悪行、事件や騒動を家の家訓にと書き残そうとしているらしい。二十年近くこのようなことをしているので名を知らぬとも斎藤町の町医者として世間に名が知れている。従って〝猿〟ではない。

新八の風聞探索に重宝している。

「長吉、今から来る男には、加島屋の勝助という名で通している。お前は友人の長介とでも名乗っておいてくれ。こちらの話も書物に書き易いように色を付けて話している。気にするな、こ奴からは俺たちのことは漏れぬようにしてある。土佐堀はここから近い処なので葉村屋の情報をこれから貰うことにしている。大川を北に淀屋橋、大江橋を超えれば堂島新地がある。ここに弓削が来るらしい」

暫くすると、総髪に頭を結った小柄な医者体の男が店に遣ってきた。

新八とは懇意のようだ。親しげに、

「よう、勝助。何か話を持って来てくれたか?」

「慧庵《けいあん》先生、先に今日は友人の長介を紹介します」

新八は町医者に長吉を紹介した。

「長介は、島之内に住みますので、千日寺や鳶田谷の話を良くします。新町遊郭に駕籠で地面にひと足も付けずに乗り付ける話はこの者の話です」

「左様か、弓削と関係深い頭の話やな？　長介と申すかな？　余は山田慧庵と申す。この勝助とは長い付き合いをしている者。話は聞いていると思うが、余の家訓にと悪行、事件、騒動など、即ち、浮世の有様を纏めて居るのじゃ。決して、人目に晒すような代物ではないので、安心して話をしてくれ。まして、御奉行所との関係も無いよって、手当も支払うでな」

「はあ」

取り敢えず、長吉は話を合わすだけにした。

新八から、

「先生、天満山吉五郎と弓削新右衛門の関わりは間違いがありません。店の御主人様が唐物係の与力様から聞かれたとのこと、また、新町の揚屋八百新とは妾の親との関係、土佐堀の置屋葉村屋喜八とも繋がり、無実の罪で遠島を申しつけた者の女房を置屋喜八に金で引き取らせたという話も聞いていています」

新八が勤める商家の主人が弓削から強請《ゆす》られたことにしている。更に、邪宗門事件では手代が被害を蒙ったことの話を作った。

新八は天満山作兵衛と千日寺吉五郎の名前を入れ替えている。どこまで、事実でどこからが作り事なのか長吉には分からなくなった。

「なるほど、左様か。お前たちは拝んだことは無かろうが、昨日になぁ、余が親しき友人の伏見屋嘉右衛門と言う者が、町内より東町奉行所に行かねばならぬことがあり、その代わりに余が行けば、何と大塩様が出て来られて大塩様を拝んで参った」

長吉たちのことを疑っていない証拠だ。

「先生は、葉村屋喜八を御存知でしょうか?」

「土佐堀の置屋やよって、余は何回か見覚えがある。堂島新地の揚屋楓屋喜七郎と懇意で良くここを使うと聞いておる。堂島新地でも良く見かけることがあったが、弓削との繋がりが巷でも広がり出してからは、ここ半年ほど見かけぬようになった。弓削との関わりが事実のようやな」

町医者は自信を持って言った。

「葉村屋は割と判り易い容姿やで、小男で頭は禿げていることが特徴や。それに白髪の顎鬚を蓄えた痩せ老人じゃよ。誰が見ても一目で分かる」

長吉と、新八は顔を見合わせた。

「邪宗門でも、随分話を聞かせてもらった。他に、近々御蔭参りなる騒動が起こるが、この情報も町中で探って置いて欲しい。明和の昔と宝永に起こった騒動で何百万人という夥しい者が伊勢参りを行って、一旦、大坂でその施行を受けに来るので、大坂では人で溢れかえる。ほぼ六十年毎に起こる稀覯《きこう》と言われておる。後、二年でその年に当たるのやが、これに関しても資料を集めている最中や」

翌々年の文政十三年三月に四国から始まり、凡そ半年ほどに渡り御蔭参りの稀覯が起こり、大坂三郷が大騒ぎとなる。

この斎藤町の町医者が書き残した書物が後に十三巻十七冊に纏められた『浮世の有様』である。家訓にと纏められた為、人目に知られ世の中に出るのは明治時代になって古書店で発見されてからのことである。

斎藤町の町医者と別れて、

「あの医者、大丈夫か、信用して良いのか？」

「ああ、大丈夫さ。余りにも、多くの人物と接触している。情報も重複しているし、出処は不詳さ。この点は弁《わきま》えているだろう。それに、破戒僧侶の話も良く聞き込んでくれている」

「それより、八百新と葉村屋喜八は纏めて絡め捕ろう」

「長吉の八百新に渡した書付は偽物にしてしまって、弓削と八百新、喜八を堂島揚屋〝楓屋〟に三人とも誘き出す偽の書付を配ろう。葉村屋が使う置屋なら三人ともきっと油断する」

「弓削も捕らえるのか？」

「いや、弓削はまだ泳がさねばならぬ。わざと取り逃す」

「俺の書付が偽物と分かれば、その書付も警戒しないか？　それに、俺は顔を見られている」

「今度、お前が顔を見るときは八百新が捕らえられた時の見分さ」

「弓削を誘き寄せよう。奴が来ることになれば、八百新も葉村屋も来ざるを得まい」

「葉村屋の最高位の太夫を揚げよう。弓削の名を騙って呼ぶが、これは大塩様にお願いして東町奉行所与力同心に手伝ってもらおう」

「弓削はきっと来る……。時期は早めに、段取りもあるので正月明けの七草にしよう。奉行所にも動いてもらわねばならぬ」

「太夫の揚がる日時を決めてから、弓削の書簡で八百新と葉村屋を呼ぶ」


十二月晦日、大塩平八郎にこの計画が届いた。

奉行所は東西奉行所が当番と非番を交互に繰り返し、どちらかの奉行所が機能しているので年末年始に奉行所の休みはない。

明けて、文政十二年一月は東町奉行所が当番月だった。

土佐堀の置屋葉村屋の最高位の太夫は住之江と禿《かむろ》は多川、たつたを揚げるため、東の与力が出向くのも気取られるので、西町奉行内藤隼人正の選んだ与力内山彦次郎が弓削の代理ということで動くことになった。

当然、西町奉行所でも極秘裏の行動であった。

置屋葉村屋喜八の牙城に大胆にも西町奉行所からの使いとして弓削新右衛門の代理として与力内山彦次郎の手代が遣ってきた。

一月七日暮れ六つに堂島新地の揚屋〝楓屋〟に太夫住之江が揚がるよう求めた。

弓削新右衛門の名を出して、当日に他の話があっても〝楓屋〟に来るよう強制した。

この葉村屋はやはり、弓削の名が効いていた。これで、喜八も弓削に従わざるを得ない。新町の八百屋新右衛門にも弓削の名で、堂島新地の楓屋への招待状が届いた。

一月七日、この日は寒さも厳しい朝で、〝人日《じんじつ》〟に無病息災と五穀豊穣を祈り七草を入れた粥を炊いて食べる日であった。

今日、揚屋八百屋新兵衛と置屋葉村屋喜八を捕らえるため堂島新地の揚屋楓屋付近に新八と長吉が遣って来ている。新八は天満山から捕り手となる役人村の者を二十人ばかり呼び寄せ路地に伏せてある。時刻はそろそろ暮れ六つを迎える。

五つには置屋葉村屋から太夫住之江と禿二人、新造が一人、供が十数人付き列を組んで遣ってきて揚屋に揚がっている。玄関にはその太夫の家紋である〝丸に同〟と描かれた大提灯に灯がともっている。

今日は、先に置屋葉村屋が入りその後八百屋新兵衛を迎え入れ、最後に主の弓削新右衛門が入る段取りにしている。

葉村屋と八百新を捕らえることが目的なので、弓削の登場は半刻遅れとしている。

捕縛の後に弓削が来たならば、東町奉行所与力が捕り物の事情を話して帰らせるように仕組んでいる。

先ずは、予定通り葉村屋喜八が駕籠に揺られて遣ってきた。勝手知った堂島新地で、自分の置屋から最高位の太夫を揚げている。警護も兼ねているのだろうか、屈強の体格をした者を揃えている。数人の供回りに囲まれて、駕籠から姿を現した。

斎藤町の町医者から聞いた通りの小男で頭毛がなく、白い顎鬚を蓄えていた。

間違いがない、長吉と新八が頷いた。

葉村屋は玄関を入ると奥へ姿を消した。

暫くして、数人の者と表に出てきて外を見渡した。八百屋新兵衛を迎えに来たのであろうか。

そうこうしているうちに、もう一挺の駕籠が到着した。長吉には見覚えのある新町で八百屋新兵衛が乗ってきた駕籠と同じであった。葉村屋がにこやかに出迎えた。

降りてきた男の顔を玄関から表を照らす明かりで見分けが付いた。

長吉が頷いて、

「八百屋新兵衛だ」

手を上げて新八に合図を出した。

新八は、腕を上げてくるくると回した。捕縛に掛かれの合図だ。

「ぴり、ぴりぴり……」

呼子笛が夕刻の堂島新地に鳴り響いた。

捕り手が一斉に取囲み葉村屋と八百新を取り押さえた。供回りの者も取り押さえられたが、逃げる者も多数でた。捕り手の数を誤った。与力同心とその配下の捕り手も加わったが取り逃がした者もいた。

逮捕した与力が、

「揚屋八百屋新兵衛と置屋葉村屋喜八、長吏頭と組して御法度である開帳賭博を度々開き暴利を貪り数多良民を陥れた廉《かど》で逮捕致す。神妙にお縄に就け。新兵衛、喜八只今、召し捕ったり！」

この呼子笛が弓削新右衛門の駕籠にまで聞こえていた。この段階で弓削は屋敷に引き戻ってしまった。これで、弓削新右衛門の主要な関係者が全て捕らえられたことになった。

弓削は、その足で非番である西町奉行所へ行き西町奉行と会っている。

「御奉行様、東の大塩を成敗致してくだされ。聊か、邪宗門で名を上げたと思い上がって居り申す。せっかく、泰平の世が保たれておるというのに、あれこれと掘り起こして、世を乱す張本人に御座います」

「弓削、何を狼狽えて居る」

内藤隼人正は弓削の様子をみて、珍しく笑みを浮かべた。

「い、いや、余りにも東殿が大塩をのさばらせておられまする故、西の奉行として示しを付ける意味からも、きつく御意見くだされ。世間を乱す奸悪思想を私塾と申し農町民に植付けて居り申す。放っておけば、この危険思想はそのうち世を混乱に落としめし幕府転覆の元にも相成り兼ねまする」

弓削の意見で、大塩が起こす後の大塩の乱や明治維新につながる話は的を射ていた。

内藤は、我慢をした。もう少しの辛抱である。

「長吏頭の捕縛は東に委ねて居る。おぬしにとって、何か都合が悪いのか？」

「そのようなことを申しているのでは御座らぬ。そのように、いつもお控え目になさるものですから、拙者が何時まで経っても御奉行様の陰の力となって支えねばなりませぬ。もっとお強くお成り下されぃ」

内藤は温厚な人柄で、人の意見を良く聞き入れる人の好い人格を持って居り、それを笠に着て弓削は目に余る行動を取っていた。さすがの内藤も言いたい放題の弓削に切れた。

「弓削、聞いて居れば言いたい放題。仮にも余は奉行であるぞ、強く致せねばならぬはそちに対してじゃ。長老として許して参ったが、聊か、思い上がっているのは貴公ではないか！」

内藤が、怒った。だが、根っからの育ちの良さからか怒り方を心得ていない。怒りの顔が造れなかった。しかし、弓削にとっては驚きであった。

「御奉行様、拙者が思う気持ちを受け止めて頂けぬので御座いまするか。これだけ弓削が御奉行様の為に身を粉にして尽くして居りまするのに、拙者、哀しゅう御座る」

弓削の一世一代の芝居である。

黒ずんだ顔をさらに暗め、目に涙を浮かべた。悪人特有の飴と鞭を駆使しての説得である。この時、西町奉行退任江戸表帰府の話を、弓削は知らない。

十五、弓削新右衛門の最期

文政十二年一月、二月は捕縛された千日寺吉五郎、天満山作兵衛、鳶田谷清八三兄弟と新町八百屋新兵衛、土佐堀葉村屋喜八と同時に逮捕された関係者に厳しい拷問がかけられ、弓削の罪状が明らかになってきた。もはや、弓削の逮捕を待つばかりとなっていた。

弓削家一族でも、弓削の処遇を考えていた。

弓削新右衛門が極悪の犯罪者として逮捕ともなれば、一族一統までもが御家御取り潰し、お家断絶という憂き目が待っている。

二月のある日、弓削新右衛門の叔父に当たる弓削佐久衛門の屋敷に親族が集まり、新右衛門をどうするか一族会議が開かれていた。十数名の者が顔を揃えた。

一族の長でもある弓削佐久衛門と言う者が、

「新右衛門にそろそろ腹でも詰めてもらわねば、弓削家の存亡にかかわる事態になりそうじゃ」

続けて、

「東（東町奉行所）が一切を仕切っているが為に、西には情報が全く入らぬ。東の与力に当家（弓削）と縁がある者が居ってその者から、新右衛門と係わりがある長吏頭が捕らえられ、その者から弓削という名が漏れているとのことを聞いた。新右衛門の妾の親に当たる八百屋新兵衛や、流刑にした者の女房、娘を引き取らせている置屋葉村屋喜八が捕らえられ、これらの者からも全て弓削からの指図と口を割ったとのこと。最早、言い逃れ出来ぬ処と相成りぬ」

別の者から、

「自首や詰め腹を求めたとて、あの性格では何れにしろ新右衛門は、受け入れはしまい」

佐久衛門が、

「ならば、お家お取り潰しは免れぬ。他の者は如何、考える」

「新右衛門さえいなく成り申せば、後は、当家とは係わりがないとのこと故、知らぬ存ぜぬで逃げ果《おお》せまいか」

「闇討ち、暗殺……」

「身内でそのような、何と、恐ろしいことを。そのようなことが果たして出来ようか？」

「東の大塩が改めておる。大塩から逃れることは最早出来申さぬ。容赦のない吟味を致すことは間違いがないことじゃ」

最長老の親族が言った。

「新右衛門の恩恵で、それなりの贅を受けて居る我らとして、助けてやろうと申す者は居らぬものか」

「誰も見捨てると申しているのではない。ただ、目に余る行いは親族の我らでは、もう、どうにも出来ぬ所までに、嫌疑はもはや抑えきれぬまでに肥大してしまっておる」

「やはり、本人を納得させ自刃させるか、詰め腹を切ってもらう他、打つ手がござらぬ」

「ならば、時期は？」

「これも、定かでないが、新右衛門めの為に西様（西町奉行）が引責を取られ、辞任。堺町奉行は新右衛門と一統を成す者として免職に、関係与力の名前まで最早知れ渡り、江戸表に報告された事実と聞いている」

「早急に、手を打たねば取り返しのつかぬ事に相成りぬ。このままに捨ておけば、一族一統百数名の家族を路頭に迷わすことに相成り申す」

「西様の御退任が、もし本当ならばその日に詰めよう。御奉行様には御迷惑はかけられぬ。一族の危機じゃ、皆、心してこの日に備え、新右衛門には今宵のことは口が裂けても漏らすことのないよう、くれぐれも気取られるな」

「弓削新右衛門一人の責で、本当にこれで良いのか！」

弓削親族から様々な意見が交わされた。


文政十二年三月九日。

西町奉行内藤隼人正の退任江戸帰府の触れが大坂三郷市中に出された。

『御触れ、内藤隼人正様参府の事。内藤隼人正様御事四、五日の支度にて参府これ有りに候様、江戸表に従い被り仰せ下され候事、丑三月九日』

江戸出立《しゅったつ》の日取りが三月十三日と決められた。

西町奉行所では、三月九日より奉行退任の準備が四、五日で行われ、奉行に関係の深い世話役の御用三町人の大工棟梁の山村与助、瓦の寺島助次郎、商人頭の尼崎又右衛門が挨拶に訪れ、三郷から南、北組、天満組の各総年寄りから豪商、有力町人、大坂鈴木町、谷町両代官や近隣諸国の各藩領からの使いが連日列をなして別れの挨拶に訪れた。

当番月の東町奉行所では、東町奉行高井山城守が大塩平八郎を呼び、策を授けていた。

「大塩、予てよりの策が実行される。抜かりなく心して掛かれ。弓削には西殿御見送り与力として見送りに同道致す。帰宅を待って捕縛致す。弓削家の抵抗があるやも知れぬ。役人村より精鋭を四十人程手配いたせ。後はおぬしを含む盗賊改め役与力三名と配下同心で布陣を決めよ」

「弓削捕縛まで、我が手の者は天満四軒屋敷表の川崎東照宮境内に潜みます。弓削、帰宅の合図は如何にして頂けるのでしょうか?」

「奉行見送り方に、隼人正から信頼のおけると聞き居る西の盗賊改め役与力内山彦次郎が見送りと同時に弓削の監視を致す。この者の手の者を、川崎東照宮へ参らす。この内山には西の目を避けるため参府前日の朝、其方から書付を持って、夕刻に当方（東町奉行所）に来る旨を伝えてくれ」

「捕り手方になる役人村の精鋭を先ずは手配し、与力同心に策を徹底致します」

「弓削は、生け捕りに致せ」

「はい、必ず」

三月十二日、夜。内山彦次郎は単身、奉行参府前日の慌ただしい西町奉行所より誰にも気付かれずに抜け出し、東町奉行所に遣ってきた。

内山から、

「わたしが西町盗賊改め役与力内山彦次郎に御座います。西町奉行参府の折は、御下知を賜り御勤め致しとう存じますので、御見知り置き下されますよう御願い奉ります」

東町奉行高井山城守が、

「余が東町奉行高井山城守である。西殿参府の支度で多忙なところ、当奉行所まで足労願った次第じゃ。貴公のことは西殿からも兼ねがね、有望な人材であるとの事と聞き及んでおる」

「有難きお言葉、痛み入ります」

「明日は、西殿参府出立の日、見送り方には長老与力弓削新右衛門と貴公を選んでおる。これは、西殿とわしの図り事。貴公も存じおろうが、弓削は聊か御上のお役目を心得違い致しておるように思える。同じ奉行所内の者故、心苦しい事とは思うが市中町人共まで存じ居る事実。この辺で成敗せねば収まりが付かぬ処にまで相成りぬ。貴公には西殿御見送りと同時に弓削の監視役として同道してもらうことになる。弓削の帰宅を待って捕縛を致す目論見、この捕縛の掛かりは当奉行所与力大塩平八郎と致す」

内山は少し考えて、

「弓削殿はこの事を知り得ているので御座いましょうか？」

「それは、分からぬこと。弓削が知り得て居れば、見送り途中で狼藉に及ぶやも知れぬ」

「若し、弓削が狼藉を……」

透かさず高井山城守が、

「斬れ、貴公には西殿の護衛をも担ってもらうことになる」

「その様な事には成らぬ様には願いたいものです」

内山は少し頭を整理して山城守に聞いた。

「見送りが終り、八軒屋に到着致しますれば、その後は如何致しまするか？」

「弓削邸は貴公の屋敷に戻る途中にあろう。弓削が屋敷に入るのを見届けた上で、川崎は東照宮境内に大塩の捕り手を控えさせて置くので、小物にその旨を伝えさせよ」

東町奉行所の別の部屋では、大塩平八郎と盗賊改め役与力、同心が揃って、明日の弓削捕縛を話し合っていた。大塩に組する与力三名と同心五名である。

大塩が捕縛の策を確認した。

「各々方、西町奉行見送りは枚方橋本まで、過書船の帰りは深夜〝子の刻（十二時）〟は過ぎよう。西の与力内山殿からの合図を受けて、弓削邸の前後から討ち入る。弓削一族には決して、策を気取られぬな！」

三月十三日明け六つ。

東町奉行高井山城守は奉行退任の別れの儀式に従い、染め帷子《かたびら》の衣服に麻の裃《かみしも》の正装で西町奉行所を訪れ、表門から奥御用談ノ間に通され西町奉行を待った。在任奉行が退任奉行を待つのが仕来たりである。

暫くして旅姿に身を包んだ内藤隼人正が徐《おもむろ》に現れ、お互いに挨拶を交わし、長年の別れを惜しんで素焼き土器の杯で酒三献を酌み交わし、肴二種と吸い物が出され、奉行別れの儀式が慣例通り行われた。

作法が終ると高井山城守が先立ち玄関まで導き、内藤隼人正は玄関式台まで従う、西町奉行所配下の与力同心と関係者一同に別れを告げ奉行所門を出た。前は東横堀川でここから三十石船に乗り江戸参府に旅立つのである。

弓削新右衛門と内山彦次郎は見送り与力の為、内藤隼人正と同じ船に乗った。

この船には主だった家臣が乗り合わせた。与力供回りの者、内藤の家族は別の船が用意されている。この時に、船頭が別れと旅の癒しに『三十石船舟歌』を歌って聞かせてくれる。

奉行参府の三十石船は朝に立って、夕刻に伏見に到着する。船は淀川を流れに対して遡るため川の水深が深い九箇所所所では川縁から綱を引く人力による曳航で、浅瀬は複数の水手《かこ》が竿を入れて押し進む。船は昼七つ頃枚方橋本に着き、見送り方は休憩を取って下りの三十石船を待ち、その船に乗って帰って来る。

見送りが済むと、東町奉行高井山城守は西町奉行所の者に命じて奉行の居なくなった家臣家族一同の住居の火の始末をさせた。

「これより、西町奉行所与力同心は東町奉行配下で指示を仰ぐこととなる。西殿と相変わらぬ御勤めすることを申し付け致す。西町奉行所は次御奉行就任までの間、閉門致すので火の用心を入念に行い次月より、西与力同心も東町奉行所への御出勤を命ず」

今月は、東町奉行所の当番月であった。翌月より東町奉行所のみ使われ東西与力同心は隔月で交互に公務に付くことになる。但し、一人奉行と成るため奉行の非番はなくなる。

高井山城守は急いで、東町奉行所に戻り大塩平八郎に夜半の捕縛準備を命じた。

「弓削邸の動向は猿を使え、不穏な動きが見られたら直ぐに連絡が入るよう手配致せ」

「手配は、終えて御座ります」

この時の、弓削屋敷の監視は天満の新八と千日寺の長吉が行うことになった。

流石に大物与力捕縛の為、長吉達の出番はここでは余りなかった。

しかし、弓削家一族は強《したた》かであった。

長吉達が弓削屋敷を監視し出したのは三月九日からであった。

弓削一族は二月親族会議を行い、十名程の者が弓削に気付かれぬように屋敷内に潜んでひと月ほどになっていた。

与力屋敷は四百坪の敷地に建物が立ち並び、離れ屋や、使われていない部屋などもあり意外と広い。また、弓削新右衛門のように老齢な与力は、身の回りの世話をする者も多く、限られた空間で生活を送るため、自分で屋敷内を探るようなことはなかった。

弓削の家族を説得し、新右衛門には内密に離れ屋に入り、食べ物だけを運ばせていた。たまに、潜んだ一族も弓削が外出中に単身外に出ていく程度にしていた為、新右衛門は何も知らずに安心し切っていた。もはや、弓削新右衛門だけが知らなかった。

一族も、腹を決めていた。

今日、西町奉行参府見送りから帰った後、詰め腹を切らすことに一族は決めていた。

大塩が新右衛門を捕縛に今日来ることなど一族の予測にはあるが解らないことであった。この、偶然が大塩の目論見を潰す結果となった。

深夜、子の刻。大塩以下弓削捕縛に当たる与力同心とその配下の若党侍と役人村から来た精鋭な捕り手四十人など、総勢六十名程が川崎東照宮境内に潜んでいた。

弓削邸付近には大塩からの指示を受けて、新八と長吉が遊び人風の町人姿を装って徘徊して待機した。

同刻、大川沿いの八軒屋浜に奉行を見送った見送り方と与力弓削、内山などと、供回りの者が乗った三十石船が到着していた。

弓削と内山は京橋通りを暫く東に進み、左手に折れ大川に架かる百十九間五尺（二百十五メートル）もある大坂一長い天満橋を共に供回りを連れて渡った。橋の上の欄干には所々行燈が埋め込まれ、夜間の通行に不自由の無いように灯りが燈されて歩く人影を映しだしていた。

弓削と内山の供回りは長柄町、与力町を進み弓削屋敷に到着した。

屋敷表門脇に提灯が掲げられて主人の帰りを待っていた。内山は弓削に別れを告げて、表門横の潜り戸から中へ入ったことを見届けた上で小者に目で合図を送った。内山の供回りの中から一人、別の方向へ列から逸れた。内山とその他の者たちは素知らぬ体で道を進んだ。

小者の向かう先は大塩達捕り手が潜む川崎東照宮境内である。

境内に着いてみると人っ子一人いない。

小者は周囲を見渡し、

「大塩様、大塩様、内山様の使いの者です！」

と声を抑えて呼ばわった。

東照宮本殿の階段脇からゆったりと大塩平八郎が姿を見せ、

「弓削が帰宅したか」

と質《ただ》した。小者は大きく頷き、

「はいっ」

同時にその他の与力同心達と、捕り手総勢六十名がばらばらと姿を現した。

「瀬田一行は裏口を固めよ。その他の十名は周囲の塀を見張れ、飛び出し来る者を見つけたら呼子笛を吹け、逃亡する輩は全て取押さえよ。各々方、抜かるな！」

瀬田は、大塩の同僚与力瀬田済之助で後に大塩の挙兵にも参加している。

「唯今より、弓削を取り押さえに参る、続け！」

大塩は弓削屋敷を目指して駆けた。それに、続いて捕り手達が、無言で川崎東照宮境内に砂塵を残して駆けだした。


弓削屋敷表門で町人姿の長吉が屋敷中を窺っていた。裏口には新八が張っている。

大塩達が表門に足音立て乍ら遣って来た。

長吉は、

「ここからでは、中の様子は窺え知れませぬ。未だ、大きな音や声は聞こえませせぬ」

「そうか、だが奴はこの屋敷内に閉じ込めてある。踏み込んで生け捕りにいたす。刃向かう者は容赦はいらぬ切り捨てよ」

大塩は同心の中から、信頼できる近藤に命じた。

「近藤、門番を起こせ！」

近藤は、同心近藤梶五郎でこれも後の大塩の挙兵に加わっている。

潜り戸を叩いて、屋敷内の門番を表に来させた。

「我々は東町奉行配下の盗賊改め方である。唯今より、弓削新右衛門を、金品横領、市中市民を不幸に陥れる姦悪の頭領として召し捕らえる。神妙に表門を開門致せ」

「それは、できませぬ。御主人様、奥様より御指示がなければ出来かねまする」

「ならば、弓削新右衛門を直ぐ様ここへ呼べ」

強引に門番を押し倒し、屋敷内に入り表門扉を開け、捕り手を中へ押し入れた。

弓削家の女房、家族が石敷きまで出てきて、大きく手を広げ、

「どうか御引きなされませ、暴挙はなりませぬ。仮にも当家は徳川直参旗本の一人、土足で屋敷を踏みにじる無礼は、家を預かる内儀として許せませぬ！」

弓削の女房である。


そのころ、弓削一族の行動は終わっていた。

内山と別れた後、屋敷に帰宅した弓削新右衛門は、安堵の様子で自室に向かった。

襖を開けるなり十名の弓削一族の長が正装で待ち受けていた。

弓削は驚いたが、平静を装い、

「何故に、皆々様が顔を揃え、拙者の部屋に居られるのであるか？」

一族の代表として弓削佐久衛門が、

「新右衛門、芝居はもう止めにせぬか」

「何のことで御座ろうか？　拙者には心当たりが有り申さぬが」

「おぬしの御蔭で一族としても随分恩恵を得られて、人並み以上の暮らしをさせてもらっておることは感謝しておる」

「ならば、それでよかろうに」

「いや、今度ばかりは逃れきれぬ。わしらも悪かったが、おぬしが図に乗ったのも事実、些《ち》と遣り過ぎたわな。これは、おぬしのみならず一族一党の存亡に係わること」

弓削の顔を凝視して、

「おぬしは、まだ少しも気付いてはおらぬのか？」

「何のことを、申されておるのじゃ」

「西町奉行様御退任は何としてあったと思うのか？　全ておぬしとおぬしに組した堺奉行と一味与力を捕らえるが為よ」

「それは、わしも大きく見てもらえたものよの……」

「この日を待って、今頃は東の手の者が屋敷を取り囲んでおろうて、知らぬはおぬし一人よ。先に手を打つため、わしらもこの屋敷にひと月も潜んでおった」

「な、なんと！　家族、一族までがわしを謀ったか。くそっ、大塩め……」

新右衛門は初めて孤立しているのに気が付いた。

「弓削家一族一党を路頭に迷わせる訳には、長としては出来ぬでな」

「わ、わしに何を求めるのか」

「潔《いさぎよ》く、腹を切ってくれ。後は我らが引き受けて、穏便に済むように手を打つ」

新右衛門は、気が動転し逆上した。

「今までと何一つ違《たが》わぬ、同じことをしていて何が悪い。誰が腹など切らねばならぬのか！」

脇差を抜いて振り回した。

「いやじゃ！　この世で、わしはまだまだ遣りたいことがあるのじゃ」

金を持ち遊興の楽しみを知り、この世の天国を味わった新右衛門には死が地獄の憂き目に思え、耐え難きことだった。

暴れる新右衛門は正体を忘れたお陰で隙だらけだった為、直ぐ様、脇差は払い落とされ羽交い絞めに押さえ込まれた。

一族の若者が、

「お許し下され、じたばたせずに御家一族のため、御腹を召されて下され！」

と、声を発して新右衛門の腹を目掛けて脇差を突き入れ、横真一文字に腹を抉った。

「う、ぐっ！」

必死にもがく新右衛門の口を別の者が押さえ付けていた。

口を押えている者の指を新右衛門の歯が噛んだ。

「うぎゃっ！」

噛まれた者も必死に声を殺し、外に漏れ聞こえないようにした。

弓削屋敷の奥深い中心部に弓削の部屋があり、一族の者たちは声を殺して声を発していた。自然と弓削も他に合わすかのように声が抑えられていた。屋敷の外には到底届く音にはならなかった。屋敷外では解らないことが成されていた。

弓削の首はその場で刎ねられ、弓削に一刀を入れた若者は自刃した。

その後、別の部屋に運び入れられ切腹したように据え置かれた。


大塩達が、門を開門して弓削の内儀を押し切って土足で屋敷内に乗り込もうとしていた時であった。玄関から近い部屋から襖や障子戸が順番に開けられていった。

そして新右衛門応接之間を開けると、一族郎党が正座をし大塩を待ち受けていた。

奥の机の上には白絹の上に新右衛門の首が置かれてあった。横にうつ伏した首の無い新右衛門と、仰向けに若い侍が寝かされていた。

大塩の顔を見るな否や、一族の代表弓削佐久衛門が、

「新右衛門に、罪を認め自首を相薦めましたる処、罪は自らで償うと見事腹を切って相果てまして御座います。横に寝かせまするは介錯を致し相果てました一族の弓削好左衛門に御座いまする。我ら、確かに見届け致しました上、何卒御見知り置き下されることを御《おん》願い奉りまする」

居並んだ一族全員で平伏した。

見届けた大塩平八郎は、生け捕りを目論んで踏み込んだ想定外の結果に、

「む、むっ」

細い切れ長の目を見開き、癇癪症で色白な顔の眉間に皺をよせ蟀谷《こめかみ》に一際太い青筋を立て、臍《ほぞ》

を噛んだ。

遅れて、裏口から入って来た与力瀬田済之助が、

「後ろの部屋が血に染まって居り申した」

大塩が、

「これはどういう事なのか？　それに、この部屋に介錯の血が見受けられぬが、如何したことか」

毅然として弓削佐久衛門が答えた。

「その部屋が新右衛門の自室、ことはその部屋にて行われました。余りにも御見苦しき状況故、当家の居間でお待ち致して居り申した。こちらにつきましても、何卒御見知り置き下されることを御《おん》願い奉りまする」

弓削新右衛門はこの後、奉行所葬となり盛大な葬儀が執り行われた。

そして、一族の取り潰し改易はなかった。

ただ、弓削と繋がりがあったとされる堺奉行水野遠江守は文政十二年十一月十二日に免職され与力伊藤吉右衛門、戸田丈右衛門も免職されている。新町八百屋新兵衛、葉村屋喜八と関係があった廉《かど》で堺商人茶屋市兵衛というものが逮捕されていた。

牢屋敷で厳しい尋問を受けた千日寺吉五郎、天満山作兵衛、鳶田谷清八、八百屋新兵衛は獄死している者も含め打首獄門で千日寺刑場に晒された。葉村屋喜八は継続されて吟味が続けられて

いたが牢内で何者かによって殺害された。
大塩の官吏糾弾の影響は、京、南都、堺奉行へと広がっていった。
これが大塩平八郎三大功績の第二の功績、官吏糾弾である。
引き続き、第三の功績となる破戒僧侶の糾弾が始まるのである。

十六、破損奉行の不正無尽事件

弓削の死亡で、弓削新右衛門に係わる諜報は終えることになった。

だが、長吉は引き続き大塩様の下で、堺奉行の動向と破戒僧侶の風聞集めを引き続き行うことになった。

新町遊郭本通り瓢箪町の揚屋に連日借り切って太夫を揚げている侍が居ると言う話を聞き込んだので調べに来た。

聞けば、瓢箪町の揚屋に置屋越前屋内太夫瀧川を揚げて連日連夜大盤振る舞いの大騒ぎを繰り広げているらしい。千日寺にある自安寺の祠堂金を借り入れて散財しているという風聞が広がり、大坂定番支配下の大坂破損奉行で飯島惣佐衛門、市場藤兵衛、池田新兵衛と言う三人の名が挙がっている。

久しぶりに、新町に来たので、新堀町の端女郎屋を覗いて見た。

三月はもう下旬になっていた。

昼下がりの新堀町の〝花籠〟には美花はいなかった。

その先にある店に居る里子の顔を見に行った。

居た、明るく手を振っている。

「いやっ、久しぶり……、今日、揚がって呉れるの？」

里子の笑顔に思わず長吉は頷いてしまった。

「ああ、いいよ」


やり手婆さんに部屋に案内されて、部屋に入って里子を待った。

暫くして、里子が酒を持って部屋に入ってきた。

「良う、来て呉れたわ。うれしい」

本当に嬉しそうだった。

「相変わらず、元気か？」

「うん、元気よ。向いのあの店の娼妓《こ》、最近見ないよ」

「別に、気にしなくっていいよ」

九郎右衛門丁に居ることを里子は知らない。

「これ、あげる」

里子を描いた板絵を持って来ていた。

「？」

何のことか、理解が出来ていない。

「お前の、顔を絵にしてみた」

「いやっ、それ何？」

「油絵」

「描いてくれたんや、こんな絵、初めて見るわ。これが、うちの顔？　へえ……、こんな風に見えるんや」

　里子は絵を繁々と見入った。

「お前の顔の横に並べて見せてくれ」

　里子は自分の顔の横に立てて見せてくれた。

「同じだよ。絵の方が、少し大きいかも知れないけど……それ、あげるよ」

「ありがとう、良え記念になるわ」


　二人で布団の上に、横になった。

　里子が、俺の手を取って言った。

「お腹を触ってみて」

「？」

　言われるままに触ってみた。

「ちょっと、お腹が出てきたように思えへん？」

「……、わからん」

「そう」

「子供が出来たってことか」

「……わかれへん、そう思うだけ……」

「こんなこと、していて良いのか？」

「まだ、出来るうちは……」

「俺の子か？」

「う、うん。わからん、別に誰の子でも良えやん……」

「……でも、生まれてきた子は、間違いなくうちの子よ」

自身の腹に手を置いて、
長吉の顔を見つめて、言った。

「一生懸命働いて、うちみたいにならんように育てるわ。分からん男のために尽くすよりも自分の子供を大切にしたいの。うち親子二人だけでいいの。『お父さんは立派なことをして死んだのよ』とでも子供には言って聞かせるわ」

「お前は、強いな」

「ふふっ、そんなこともないけど。悪所で働くって言われるけど、うちらは何にも悪いことなんか、してないよ」

「色んな娼婦がいる。女房が居る男をここへ誘い込む悪い女と思われている」

「それは亭主だけの問題？　うちはそうは思わん。別に思うのは人の勝手よ、うち、もうどう思われても構へん。子供の為にここで働くわ、こんなことしか出けへんから」

「遊び方を知らないやつが、悪所と言っているだけだと思うよ。俺は、自分なりに遊び方を理解しているつもりやけど」

「ほんと?」

里子は、長吉を見つめて聞いた。

「お前の生活の為に、ここに居る間は、また来るよ」

「ふふっ、ありがとう」

横を向いて里子の顔を見た。微笑んでいるその顔はいつになく大人っぽく見えた。

その唇に、長吉は唇を合わせた。里子はそっと目を瞑った。


大坂破損奉行は、大坂防備軍の定番支配下で大坂城の造営修復を行う奉行である。

造営修復は大工仕事が主になるので、大坂城への出入りが許されて東町奉行所西側に隣接する屋敷に住む御用三町人のうちの大工頭領山村与助が見積り、その金額が吟味された後、大坂町奉行所で大坂代官とともに破損奉行が入札を行っていた。その造営修復費用は大坂近郊の天領四か所から賦課された代金で賄われていた。大坂破損奉行は定員が三名で、その三人が飯島惣佐衛門、一場藤兵衛、池田新兵衛であった。

この三人は西町奉行所与力弓削新右衛門とも繋がりを持っていた。

地方から出てきた者なのであろうか、限られた就任期間で遊興三昧を遣り尽そうとでも思ったのかは定かではないが、弓削を通じて、千日寺処刑場横にある自安寺という寺の僧侶が祠堂金を持っている事を知り得た。

これに弓削から宛がわれた女房を紹介し、見返りに寺の祠堂金（寺の造営寄付金）三百両を暫く借り入れるという約束で出させた。弓削の入れ知恵で、寺の寄付金なので、使い切った後は知らぬ存ぜぬで踏み倒せば済むと聞いている。


太夫一人を昼夜貸し切ると凡そ一両（銀六十匁）ほどの金額が必要であった。

三百両を三人で割って一人、百両宛。

天下の三大遊郭新町は瓢箪町の揚屋で太夫、新造、禿を夫々付けて太鼓持ち揚屋貸し切り代金、飲食費含めて百両程ならば、ひと月程で使い切ってしまう勘定である。

連日連夜の遊興で、更には金を借りた自安寺住職を招き入れ、宗派では禁食の肉を食することを強要し娼妓を与えられても、拒むこともなく僧侶も遊興に加わり、事件発覚後は破損奉行に罪を擦り付け言い逃れをした。

斎藤町の町医者の記録にも残った出来事である。


僧侶の妻帯は浄土真宗以外の宗派では、宗旨の厳格な修行を経て女性を絶たなければいけない。度々、幕府から全国の僧侶に僧侶たるべき破戒僧侶に対する戒めの御触れが出されていたが、この為体《ていたらく》であった。

この自安寺の宗派では、僧侶の妻帯は許されていなかった。

即ち、破損奉行から宛がわれた女が女犯の罪となり、住職や老僧が捕らえられ奉行所で吟味され、この破損奉行の遊興が明るみになる結果となった。

長吉は、その裏付けとなる風聞探索を大塩から命じられていた。

今は文政十二年七月、弓削新右衛門も亡く、拝借金の返済期限が来て寺から催促されたが、弓削が居れば踏み倒しも可能であったが、最早、開き直りも出来なかった。

借金の返済に困り果てた三人は御用三町人の山村の手代や左官職人頭公家家来に相談し、口裏を合わせ近隣諸藩の寺社の造営修復を普請すると偽り、再建助成の出張勧進開帳の許可を奉行所に申し出た。

この御触れが九月に市中に出回り、これをたまたま大坂に来ていた大津代官石原清左衛門が見付け、地元寺社からこのような勧進開帳の申し入れを聞いて居らず、西町奉行新見正路に偽りのものと申し出されて、九月六日に御触れの撤収が命じられている。

長吉からの風聞探索と大塩平八郎の風聞書によれば、破損奉行三名に加え二条家家来何某と飯島惣佐衛門の家来石井某、大坂城内左官頭為村長兵衛、玉造拐屋町大和屋庄兵衛、御用町人山村与助手代平七と摂津河内の百姓三名が加わり口車に乗せられ、大坂では解らないだろうと、地方寺社仏閣の修理改築の話を捏造し、大坂にて勧進開帳を行うと言う御触れを奉行所に作成させた。

この頃は、まだ弓削新右衛門が遣っていたことを当たり前のように引き継いだ与力が処分されずにまだ多く残っていたのである。

ここに新任で内藤隼人正の後を継いで間無しの西町奉行新見《しんみ》正路に発覚されたのだ。

西町奉行新見正路日記にこの様子が書かれてある。

定番直属の五奉行のうちの破損奉行三名すべてが網駕籠に入れられて江戸表に召喚されたという前代未聞の処置がとられた。関係者も全て江戸表に送られ、江戸評定所の裁定となる大事件となった。一場藤兵衛は切腹、飯島惣佐衛門は召喚途中で病死している。

この事件の風聞探索には長吉が深く携わっていた。

高井山城守と大塩平八郎が揃って、西町奉行所を訪れ東町奉行所で扱われた取調べ吟味書や風聞書を新任奉行に渡すのは九月のこの月であった。

十月二十四日。

演舌書で、邪宗門事件、官吏糾弾事件で押収された金品を不幸な良民救済に支払われるとの旨が、東町奉行と与力大塩平八郎の名で知らしめられた。

邪宗門事件では、押収された金銀銭及び衣類の代金総計で銀七十一貫目（金千二百両）余り、これに弓削と関わった天満山作兵衛、千日寺吉五郎、鳶田谷清八、八百屋新兵衛らの蔵金が三千両もありこれらを取り上げ、これらの押収金の返却を大塩の助言にて貧窮する良民救済に使われることになった。

しかし、この支払いには厳選な審査があり実際に支払われたのは数事例で、大坂三郷市中に再三呼びかけしたが、対象者がなく後に起こる天保の大飢饉で使われることになる。

十二月五日。

この日、大坂三郷南端の千日刑場で邪宗門事件の首謀者と関係者六名の市中引き回しと処刑が執行された。処刑されたのは三婆と呼ばれる京都八坂町陰陽師豊田貢と播磨屋同居きぬ、川崎村京屋同居さの、伊良子屋植蔵、高見屋平蔵、堂島船大工町顕蔵の六名で文政十年以来、大坂牢屋敷内で三年に渡る厳しい尋問の末に生存者は、首謀者とされる豊田貢と平蔵だけで残りは既に獄死した遺体の処刑であった。合わせてその日に牢屋敷内で打ち首になった者の獄門が処刑場の前に晒された。

この日の引き回しと処刑は大坂近隣諸国にまで広まっていた邪宗の首謀者の処刑で、しかも女と言うこともあり、近隣諸国から人々が大坂に集まり数万の人々で埋め尽くされた。

引き回しは、堺筋から島之内を通って日本橋を渡って千日処刑上に向かっている。

引き回し経路が変わり、群衆の移動で将棋倒しが起こり多くの見物人の死傷者が出ていることから群衆の規模が推測される処刑であった。

十二月十日。

破戒僧侶の戒めの御触れが、東町奉行所に月番の大坂三郷総年寄りと大坂にある各寺院から役寺・触頭の僧侶が集められ口達された。


東町奉行は接点となって、大塩平八郎の身を西町奉行に委ねるため奔走していた。

高井山城守は最早、自らの残り少なくなった生命をかけての行動であった。

体力的にも、もう先が長くないことが自身で分かっていた。

耳が悪くなり白州での御裁きが聞こえ辛く、寝起きにも不自由を来していた。翌年文政十三年は、西町奉行に奉行職を代行してもらう当番月が増えた。


この後、大坂西町奉行新見正路も大塩の処分に苦慮していくことになる。

ただ、大塩も西町奉行所へ出向く機会も増え、新見との繋がりが深くなっていった。


新見正路の大坂西町奉行の在任期間は文政十二年（一八二九年）七月から天保二年（一八三一年）九月までの約二年であるが、天保の御救い大浚えの立案者で大坂天保山を造った名奉行として有名でのちのちまで大坂庶民に親しまれた。

高井山城守退任後の大塩の退任と隠居の許可も新見が下している。

また、新見は教養も深く、大坂在任中に書画骨董の収集をし、大塩の友人でもあった頼山陽の

「日本外史」の写しを大塩から手に入れている。

十七、破戒僧侶の堕落

弓削に関する諜報が終わると引き続き破戒僧侶の風聞探索を長吉達は行っていた。大坂には南の東隅の谷町、上町と天満の北隅に四百数十もの寺院があった。寛政元年（一七八九年）、寛政十年（一七九八年）、文化十四年（一八一七年）に度々僧侶の戒めを知らしめる御触れが出されていた。南の上町谷町に関する者は長吉が、北の天満北側にある寺町は新八が受け持つことになっていた。

大坂の南にある色町をぶらついてみると、本当に僧侶らしき男を良く見かける。お忍びで頭巾を被り駕籠で乗付ける者もいるが、坊主頭をそのままにして、何の罪の意識もなく店の置屋見世を覗いては女を冷やかし、やり手婆さんと交渉をしながら、表情を崩し切って楽しんでいる者がいる。

文化文政時代の化政文化大御所時代の五十年ほどは飢饉もなく、僧侶は庶民から布施や寄付金が豊富に集まり、その使い道がこういう処に落とされていたのである。大坂の経済は潤った。江戸三大飢饉（享保の大飢饉＝一七三二年、天明の大飢饉＝一七八二～一七八七年、天保の大飢饉＝一八三三～一八三九年）の後、三大改革（享保の改革＝一七一六～一七四五年、寛政の改革＝一七八七〜一七九三年、天保の改革＝一八四一〜一八四三年）は大飢饉との関係が深く経済の立て直しが図られ、徳川幕府最大の危機を乗り越えるための改革と言えた。

その合間あいまに、文化が花開き人の性《さが》なのか風俗が乱れた。特に、厳格な修行に身を置く者がこの破戒僧侶であった。修行もしない俄か僧侶まで現れていると風聞に聞く。


今日は、夕方に新八と斎藤町の居酒屋で落ち合うことにしていた。

時刻まで、九郎右衛門丁遊郭で潰すことにした。

四月の昼過ぎの八つに、九郎右衛門丁の美花を見に行った。

相変わらず、きょとんとした表情で見世部屋に座っていた。

視線が合ったので目で合図をしたら、奥へ下がった。

やり手婆さんもいつもの婆さんだったので、長吉の顔を見るなり、

「美花ちゃ〜ん、来て呉れはったよ」

「は〜いっ」


いつものように、酒を飲んで絵を描かせてもらった。

「こういうことをしていると、一番心が落ち着くよ」

美花は笑顔を作って長吉の絵を描いている姿を見つめている。

「生きていることが辛くなることがある」

急にこんなことを言ったので言葉に困っただろう、美花は黙って長吉を見つめた。

「……？」

「人に、知られたくない秘密を持って生きていると」

長吉は最近、人の諜報を探索する猿が人目に晒された時の事を考えると恐怖心を一段と強く感じることが増えていた。

一呼吸おいて、

「いつ死ぬか分からぬなら、悔いの残らぬよう遣りたいことを今やっておきたい」

美花は視線を逸らせて、俯きながら、

「お侍さんみたいなことを言うのね」

「祖先は……、らしいけど」

美花が長吉の顔を見つめ直して、言った。

「わたしだって、ここで働いていることは秘密にしているわ。家族にも友達にも」

美花は一呼吸して、

「最初の頃はこういう処へ来ていることを知られることが怖かったわ。でも、今は気にしないようにしているの。だって、思っているほど近くの人とは会わないし、気にしているとやっていけないし……。嫌なら、もう辞めているわ」

「確かに、そうだな。嫌だったら、辞めれば良《い》いだけの事だものな」

長吉は、自分も人に知られると殺されるかもしれない〝猿〟が怖ければ、いつでも辞めれば良いだけの事なのだと、娼妓《おんな》に諭された。

「お前とこうして話をしているだけで癒される気がする。長い付き合いになった……」

「そうなの、こんなことしている私でも人の役に立つのね」

「色町に来る客は、みんな、そうだと思うよ」

「俺に金や財産があれば身請けしたいほど、お前が好きになった……」

長吉は、つい本音を言ってしまった。

美花は大人であった。微笑んで、

「ほほっ、わたし、お妾さんや囲われるなんていらないわ。そんなことしたらお互いに遣りたいことができなくなるでしょ。でも、あなたはそんな、お金を持って無さそうだし大丈夫よね」

「そうだな。それに人妻を本気で愛したら不義だものな」

「ここだけの……、二人の秘密でいいじゃないの？」

美花は頬杖をついて、

「ああ、わたしも、もっと自由になりたい。武家の家内なんて私には合っていないわ」

振り向いて、長吉を見つめて聞いた。

「あっ、武家の御嫁さん止めたら、長吉さん、わたしのことにもう興味なくなるかしら？」

「武家の内儀や人妻なんてどうでも良《い》いよ。今の、お前が気に入っているだけのことだから」

「うふふっ」

何時もの笑顔を作って呉れた。

斎藤町の居酒屋に新八が、斎藤町の町医者山田慧庵を呼んでいた。

九郎右衛門丁で時刻を潰したが、暮れ六つまで、まだだいぶ時刻もあるので、島之内の風呂屋で時をつぶして斎藤町へ向かうことにした。


斎藤町の居酒屋に行くと新八がもう来ていた。

「早かったな、だいぶ待ったか？」

「いや、そうでもないよ」

長吉が新八に聞いた。

「斎藤町の町医者に今日は何を話す気だ？」

「弓削一味の牢屋敷の話でも見繕う。町医者も伝手《つて》がだいぶ居て、破戒僧侶の話を持っているらしい」

「情報は確かなのか？」

「その真否の沙汰は、俺たちが風聞探索して裏を取るのが仕事ではないか」

長吉は、千日寺の自安寺の住職から破損奉行が金を借りて新町遊郭の揚屋で太夫を揚げて派手に金を使っている話を持ち出した。

「破損奉行の話は知っているか？」

「いや、南の寺のことは深くは知らぬ」

新八は、この話を知らなかった。

「弓削の紹介で持安寺を知ったようだ。遊ぶ金目当てに祠堂金三百両を借用したが、肝心の弓削が死んでしまってどうするつもりなのか、調べてみたら新町の瓢箪町揚屋で遊興三昧を始めたそうだ」

「使い切る算段だろう、きっと返済は踏み倒すつもりだ。弓削が死んだのでそうはいかんだろうがな……」

新八が推測した。

この時点では、破損奉行が揚屋で遊興三昧している時で、持安寺も揚屋に誘い込み一蓮托生の目論見で破損奉行も自安寺僧侶も遊興に耽《ふけ》っていた。

「この件は俺が風聞探索している」

「では、その話も取っ掛かりだけでも町医者に聞かせて遣ってくれ」

と、新八が言った。

話の途中で、居酒屋に斎藤町の町医者が入ってきた。

「加島屋、遅くなってすまぬ。おっ、いつぞやも居った勝助の友人だったな、お前は」

町医者は長吉の名前を忘れたようだ。

「千日寺の長介です」

「そうそう、長介も一緒とは共に話があるようじゃな。先ずは話を聞かせてくれ」

早速、町医者は懐紙と矢立を取り出した。

新八は、加島屋の番頭が懇意の西町奉行所与力から牢屋敷での弓削一統の処分の話を聞いた事として、伝えた。

「そうか、葉村屋も遂に牢屋敷で殺されたと言うのじゃな。これで、吉五郎、清八、八百新の打ち首、獄門に続き、皆、口を封じられたと言うことや」

斎藤町の町医者は頷いた。

「お前たちは、弓削の死をどのように考える？　わしは、自刃はしないと思うが大塩様に切られたのかも知れぬと思って居る」

「御家断絶を恐れて、親族から詰め腹を切らされたという話もある」

「弓削一人に罪を擦り付けて、後の役人は知らぬ存ぜぬよ。これが浮世の有様と言うものよ。お前たちも良く、知っておくと良い」

「長吏頭は、清八が三兄弟、一党の頭領で河堀口の僧侶一家皆殺しの盗賊で、その事件で親玉弓削との繋がりが出来たと言うことやけど、牢屋の中で目の玉を刳り抜かれて死んだって言う話を聞きました」

新八が店に来る客から聞いたと言ってその話をした。

「これは、悪人の自業自得と言うものやな」

と、町医者が言った。

「役人の悪行も僧侶の堕落もどこかで繋がっていて棲み分けが難しい処や。どうしても、姦悪な者同士は直ぐに繋がりを持ちたがるもの。大切な家族が悪に染まらぬ様に、家訓にと思い斯様なことを書き綴って居るという次第や」

「先生は、お医者様でなく、本もお書きになるのですか？」

長吉が聞いた。

「いや、本業は医者じゃよ。世間に広めようなど大それたことは考えてもおらぬ。ただ、家訓にと『浮世の有様』と題して纏めて居るだけや」

町医者は一人うなずいて、

「僧侶の話は、これは困ったものや。南と北にある寺院の内まともなものは一つも無く、寛政のころから度々、御奉行所から破戒僧侶の戒めの御触れが出されても一向に直す気配はない。商人は商いでの正当な儲けなれど、僧侶は寄進、布施は儲けとは言わぬ。その金を使い酒池肉林、僧侶は専ら不義女犯に妾を二、三人も囲い、男色に溺れる者も居る。尼僧は男を庫裡に誘い込み、夜なよな淫乱な行いに耽り、庶民に教え諭すことも忘れ、最早破戒尽くされたとはこの事よ」

「先生が、御聞き込みの寺院の悪行の様は如何ほどありますか？」

「余が聞き及んでいるだけでも三十寺は下らぬ。六十余寺に良からぬ煙が上がって居る」

「その、寺の名前を御教え下さらぬか？」

新八とは長年の付き合いなのか気軽に、

「ああ、良いぞ、内容なりも聞かせよう」

克明に寺院と破戒の話を聞かせてもらった。

後は、長吉と新八が集めた風聞に、この町医者の話の裏付けを取って覚書に纏めるだけであった。六十数か寺の風聞探索には半年以上の月日が費やされた。


文政十二年十月。

破戒僧侶の風聞探索結果を荒書にして東町奉行所長吏詰所に持参した。

大塩が言った。

「人心の鏡となるべき聖職に身を置きながら、巷の輩と何ら変わりなき行いは、目に余るものがある。老齢成る高僧は最早悟りの境地にあり、戒律信仰をただ深めるのみだが。これに反して俗人と相変わらぬ食肉妻帯し、大酒を飲み干し食肉を喰み、出家三方帰依したる身なれども最早厳格なる修行を修めたる戒律は破戒尽くされ、人に功徳を教えたる立場にありとても、人を思いやる気持ちなど稀有に無きもの。破戒甚だしき者、不埒にも色欲女犯の罪に問われるもの一切を吟味の上処罰してくれるわ」

「大塩様、もう年の瀬も近く、斯様な数の寺院を御処罰なされますと、年始の詣でや冠婚葬祭の祀り事が滞ることに相成り兼ねまする」

「わかって居る、三郷年寄りからも、再三の願い入れがある。しかし、破戒僧侶共もこの甘えに大胡坐を掻いて居るようじゃが、この度は見逃すようなことを致しはせぬ。このような緊張感のない世が続けば何れ庶民も愛想を尽かそう」

大塩の正義感が表れている。

「何かと、その場さえ言い逃れが出来れば済むと思って居るようだが、この度はそうは問屋が卸さぬ。先ずは、奉行所で申し聞かさず、全ての寺院の罪状を吟味した上で、当大塩屋敷にて書面にて通達し、尚かつ、心を入れ替えぬ者に対して極刑を以て処罰する」

大塩はさらに長吉に命じた。

「長吉、風聞覚書に寺、僧侶、罪状を克明に示して呉れぬか。一寺ずつ、当方にて清書した書面で申し渡す」

大塩は胸に期するものがあるのか、三番目の功績へ進んでいった。

大坂市中には四百数十か寺の寺院があった。

宗旨は豊臣秀吉による大坂城が築城以前にあった石山本願寺が元となる浄土真宗本願寺派（西本願寺門下）が最も多く、この宗派のみ妻帯が許されていた。

だが、宗派によって教えや作法が異なっても、厳格なる修行と仏法の厳粛な教えを学び俗世に身を置く者達への教えを戒め、来世に生まれ変わる浄土往生を説教することは大きく違わない。幕府より再三再四この僧侶の戒めの御触れが大坂のみならず全国的に、京や南都にまで通達されている。全国的に僧侶の風紀が乱れていた。

そもそも、徳川幕府創設時に起こった島原の乱以降、仏教徒による一揆や異教徒による反乱を防ぐ為に、檀家の宗旨人別帳を取り扱う役目を寺院に与えた。

以降、二百年に亘り庶民を管理する上、付け届けなど庶民から収益が得られた。

檀家と寺院の関係から冠婚葬祭と吉凶祭祀には必ず寺院が使われ、町民達から、得られる布施や礼に金銀の贄のお咎めがないため、普段は質素倹約の厳しい戒律の修行に心身を清め人心の模範たる僧侶のはずが、誰一人としてこの戒律を守る者がいなかった。

僧侶には在家以外で仏門に出家した者は寺院が住居という定めがあった。

長吏頭と同様に金が有り余ると、色欲へと食指が伸びるものである。

僧侶も同じく、住まいであるはずの寺院以外にも市中に別邸を持ち、そこに多いものでは複数の妾を持ち住まわせた。また、檀家の女房、娘に手を付けたり、色町にも繰り出し日夜肉食酒飲、狭斜（花街）の巷で色女に溺れた。

僧侶の立場から何らお咎めが無いと、ここでも高を括った僧侶の破戒ぶりであった。


斎藤町の町医者の記録でも、女犯に耽る者、男女関係に纏わる話が多く尼僧が処罰されるものまであった。また、色町との関係を持つものも多く揚屋、置屋を経営する僧侶もいた。当然、弓削や長吏頭や悪徳町人との繋がりもあった。

殺生を嫌うはずの境内で鳥を飼い、鶏肉を卸す寺もあった。


文政十三年二月十日暮れ六つ。

天満川崎にある大塩屋敷に、目に余る破戒僧侶六十余人が呼び出された。皆、最早奉行所の御白州に引き出された罪人体であった。深刻な顔つきで顔色悪く、狼狽える者や心に疚しさがある者ばかりで、大塩の厳格さを聞き知っていた。

僧侶戒めの通達に使われる部屋は洗心洞で講義に使われる大広間であった。大塩平八郎の良く透き通った声が夜の屋敷内に響き渡った。

「度々、御上より役寺を通じて触れ知らしめておる。清僧の仏門に身を置き諸々の俗世の罪人を戒め、人の模範たるべき主達が、不律不如法で俗人と相変わらぬ渡世を過ごすとは、仏門の教えを甚だしくも心得違いしておるものと思われる。当方で風聞取調べたるところ罪状は篤と聞き合わせたるもの。これを封書にて認めたものを夫々に申し渡す。次之間にて開封の上、もし、申し開きがあるならば、速やかに身に覚え無き旨を当方に返答に及ぶべし。本来ならば奉行所にて個々に吟味の上、告げるべきなれど、御奉行様からの篤い御恩恵によりこの度の如し」

各寺の僧侶は次之間で封書を開封し罪状を確認すれば、身に覚えのあるものばかりなので申し開き出来るものではなかった。

僧侶たちは血の気をなくし、再び大塩の前に現れた。

「しかと、罪状の数々は夫々に納得するものと、恐れ入ることを申し渡す。これは、厳しくお咎めの筋なれど、この度は表だって吟味したものではなく、内々に御奉行様の御命によって予め行ったもの故。向後心得違いを直さない者については罪科に処するべき旨を申し渡す。肝に銘じて篤と聞き及ぶべし」

破戒僧侶に大塩平八郎から最後通知が下された。

今日大塩屋敷でのこの通知は、奉行からの恩恵で大塩が事前通達する予告のものだが、この罪状を改めぬ者は厳罰に処するというものである。

虎口を逃れた僧侶達は一目散に寺院に逃げ帰った。

この後、尚も聞き入れなかった寺院、僧侶は流刑、大坂処払い、晒しなど罪状に合った処罰が下された。文政十三年六月以降は、西町奉行新見正路が破戒僧侶の処分を下していった。

十八、野党と大塩平八郎

西町奉行内藤隼人正が退任してから、西町奉行所与力三十騎と同心五十人は、東町奉行所与力同心と同じく東町奉行高井山城守の支配下のもと東町奉行所で交互に隔月で御用を務めていた。内藤が帰府してからの四月二十四日、次西町奉行に目付から抜擢された新見《しんみ》伊賀守正路が就任することが大坂市中に触れられた。

新見伊賀守が来坂したのは、それから三か月後の七月二十三日のことだった。

この間の四か月は、西町奉行所与力同心は東町奉行所に出勤をした。弓削と行動を共にし、その恩恵を得た与力同心の数は七割にも達していて、東町奉行所盗賊改め方与力大塩平八郎一人を敵に回して一触即発の状態にあった。大塩の仲間となる者は私塾〝洗心洞〟に通う数人の与力同心だけだった。

弓削新右衛門に加担した者には、引責として免職や勇退の処置が考えられ、与力同心職の家督相続に躍起であった。

与力同心職を既得するため東町奉行高井山城守に直談判し、東町奉行子飼いの大塩を目の敵にして圧力をかけていた。東町奉行所に集められた東西各与力六十騎と同心百人がおのれの身を守るため東町奉行と大塩派の与党と弓削派の野党に分断されていた。

大塩の性格への反発から東町奉行所内の者もその多くが弓削派野党に加担し、その野党派が勢力を増していった。

高井山城守も東町奉行所で東西与力同心を同時に管轄することにより、想定外の奉行所内の混乱を引き起こしてしまう結果となっていた。

大塩平八郎は孤立していった。

大塩の身の置きどころは老齢な高井山城守のみ、最早大塩の運命は高齢な高井の就任期限とともに終えざるを得ない状況となっていった。

東町奉行所内では、日々東西与力同心が顔を合わせれば、

「陽明学などと称え、私塾〝洗心洞〟なる怪しげな思想を若者に吹聴しておる。戌五つには寝て夜中の丑八つに目覚め心身の鍛錬修行を終え、明け六つから塾生を集め講義すると言う。誠に奇々怪々、尋常な神経の者に有らずじゃ。これを日々やっておると聞く」

「大塩一族一統を誅してはどうか。女子供を人質にして、奴めを苦しめる手もある」

「大塩め、高井山城守様の虎の威を借りる狐め、手柄を独り占めしおって、我らも盗賊改め方、奴一人の功績ではあらぬ。高井様が退任した折には目に物見せてくれようぞ」

「不正を許さずと、口利きの賂《まいない》を一切受け取らずと、金品を拒むは奴一人、町人共の志しを少し

は受け取ってやらねば、町人共の気持ちも浮かばれぬ。持ちつもたれつ、世の中の道理を分からぬ石頭よ。そうは四角四面に物事が行くか！」

良きに付け、悪しきに付け、長いながい江戸幕府政権の継続があったため、現在社会の習慣として日常の生活に当たり前のように残された独自の日本文化は、ある面、江戸文化の遺産と言える。江戸時代のこのような役人の慣習も、現代社会に残されている。

「大塩が居る限り、弓削殿と繋がりを持ったわしらは奉行所から追放になる」
「奉行所内の大半の者が、弓削殿には恩義が有り申す」
「今まで、何ら揉め事もなかったものを奴の為に、弓削殿一人に罪を被せ、正義を盾に図に乗りおって、奴一人無礼打ちに葬り去ることも出来る」
「大塩を逆に奉行所から追放すればよいのじゃ、我らを支持する仲間は大半であるぞ」
「山城守様に談判しようではないか」

西町奉行が来坂するまでの間、東町奉行所に集まった東西与力同心は連日、大塩の処分を議論し、大塩を退任させ自らの職席を守るため、東町奉行高井山城守に詰め寄った。

大塩も、身の危険を感じてか内縁の妻〝ゆう〟をこの三月に剃髪させている。

高井山城守も疲弊しきっていた。何とか、西町奉行就任までは取押さえねばと気力を振り絞っていた。

新見伊賀守は七月二十三日、来坂し西町奉行所が四か月ぶりに開門され奉行所としての機能を復活させた。八月は東町奉行所の当番月で、九月から西町奉行所与力同心は西町奉行のもと、西町奉行所での勤務へ戻された。

西町奉行新見伊賀守正路は九月朔日より初めての月番奉行として職に就いた。

その月に大坂三郷を三回に分けて新任奉行が巡見する初入式が行われ、九月三日に北組二百五十町を回り、九月十二日に南組の二百六十一町を巡見し、九月二十四日に天満組百九町の巡見を終えて初めて市中の民衆に知らされたことになる。

この最初の月の九月六日に大津代官石原清左衛門より破損奉行の勧進開帳の触れが取り消されている。

文政十二年十二月。

長吉は破戒僧侶の風聞探索の覚書を持って東町奉行所長吏詰所で大塩様と会った。

「この風聞覚書を以て、破戒僧侶を我が屋敷に招き入れ戒めの演舌を行う。長吉、長年に亘り、わしの風聞探索に携わってもらい感謝して居る。東奉行様も御高齢故さほど奉行所での御勤めも今後長く為されることもあるまい」

「有難き御言葉、肝に銘じます」

「長吉、高槻に行く気はないか?」

長吉には何を問われているのか分からなかった。

「風聞探索にでしょうか？」

「いや、違う。長年のおぬしの功績に対して、わしからの礼として士分に推挙したい。おぬしの先祖は武士。今は役人村の身なれども、大坂では叶わぬが地を離れれば役人村の者でも士分に取り立てる事が出来る。高槻藩に居る知人から徒歩に良い人材がいないかと、相談を持ち掛けられておる」

「有難き思召しに感謝いたします。この長吉め、当地大坂が大好きに御座います。また、良き仲間や知人がいます。この大坂を離れたくはありませぬ」

「左様か、無理にとは言わぬ。おぬしの好きなようにするが良い」

大塩はいつになく言葉に力がなかった。

「ただ、わしも東様の御退任に合わせて奉行所から身を引くことを考えて居る。正義の為にと思い御勤めしてきたが、内部の圧力に対抗するには、わしの考えに大いに反することになる」

弓削派との奉行所内抗争は、武力行使となる恐れにまで発展していた。

高井山城守もこれを恐れ、大塩にも内部抗争にならぬよう言い聞かせ、新見伊賀守にも相談をしている。

「何分、嫌われ者によって、奉行所を去れども大塩の猿をしていたことが発覚すれば、長吉を守ることは、最早叶わぬが良いか」

「そのことは、猿を仰せ遣《つかわ》った時から、覚悟は出来ております。覚悟がなければお引き受け致しては居りませぬ」

長吉は、言い切った。

「悔いの無いよう、遣りたいことをして生きております」

「ならば良い。引き続き、わしが隠居するまで破戒僧侶の探索を頼む」

「隠居なされて、大塩様はどのように為されまするか」

「今後は洗心洞に専任致す。おぬしが洗心洞の門を叩きたければ、何時なりとも受け入れる」

「はい、その時にはお願い致します」

洗心洞の門を叩くかどうか、今は分からない。大塩の言葉にそう答えた。

長吉は大塩の正義を理解しているつもりだった。だが弱者を救うことや姦悪を成敗することだけが正義なのか、分からなくなっていた。この時代、儒教の教えが広まり、礼節や忠誠が日常生活に浸透し正否の基準がここから決められていた。

長吉には大塩の教えを受ける自信がなかった。なぜならば、悪所と呼ばれる色町で働く女や不義密通では無いにしろ、事情のある武家の内儀と自分は関係をもち、悪所を悪所とは思っていない。大塩のような厳しさは自分にはない。猿とは呼ばれない普通の人間でありたいだけである。

長吉は東町奉行所、長吏詰所を後にした。


東町奉行所から谷町筋を南へ行くと、生玉神社があり更に南へ行くと、〝馬場先〟と言う色町がある。ここに破戒僧侶が出没すると聞いているので見に行くことにしている。

長吉には最近世話をしている弟子に太郎と言う者が居り、供にして馬場先を目指した。

寺が並ぶ道を進むと子守をしている女とすれ違った瞬間に女が肩に手をかけた。

振り向くと、その女は笑いながら人差し指を口にあて、

「しっ」

声を出すなと示した。

里子であった。化粧をしていないので、長吉はまったく気が付かなかった。

寺の手伝いでもしているのだろうか？　小さな声で、

「この子、今寝入ったばかりだから……」

長吉の子供かどうか聞こうとしたが、供をしている太郎が先に進んでしまっている。

太郎が、長吉が立ち止まっているのに気が付き、

「長吉様どうかされましたか？」

と呼ばわった。

「お連れが、呼んでいるわよ」

「その子は？」

と長吉は聞いた。

「ふふっ……、わたしの子よ。もう、ひとりじゃないの」

里子は微笑んで、答えた。

「そうか、よかったな。また、どこかで会おう……」

そう言葉を残して、長吉は太郎を追った。

「喜蔵……、今度会えたら、きっと『一緒になってね』て言うわ……。でも、あんたは自分の遣りたいことやって生きたかったのよね……」

里子は長吉の後姿が見えなくなるまで見送った。


翌、文政十三年三月。

文政の御蔭参りが始まる。

商家の丁稚や娘、女房子供が店や亭主に断りもなく御蔭参りに出かけてしまうことから〝抜け参り〟とも呼ばれた。今回は、四国の子供たちが海を渡り泉州から大坂を目指した。この現象は瞬く間に広がり、近畿一円から遠く関東からも人々が押し寄せた。伊勢神宮では毎日初詣のような賑わいが続いた。

半年ほどの間、大坂は施行を受けに人々が集まり大混乱となった。

この御蔭参りには日本全国から六百万人にも上る人々が無銭旅行で伊勢本宮を目指した。その施行目当てに経済都市大坂に、吸い寄せられるように遣って来たのだ。

大坂の豪商たちは大盤振る舞いの施行を惜しみもなく出し続けた。

大坂は大混乱だった。

この御蔭参りを幼少の頃、体験をしその様子を親から伝え知っていたのが東町奉行高井山城守で、前職が伊勢山田奉行を務めて居た為、御蔭参りの風習と六十年に一度起こる江戸三大御蔭参りの三回目に当たることも知っていた。


文政十三年六月。

高井山城守東町奉行所で体調を壊し寝込む。

この月から、西町奉行新見正路による一人奉行が翌年四月まで続く。


六月十五日。

天保の御救い大浚えの元となる近江勢田川浚えの現地見分（視察）が始まる。

この勢田川浚えに猛反対する淀川縁の百姓達と大坂三郷の町民達を説得させるため、西町奉行新見伊賀守正路が一計を巡らせて、淀川水系の勢田川浚えに合わせて、宇治川及び淀川と大坂三郷の大川、安治川木津川の両川口及び市内のすべての堀川の川浚えを一斉に行い、庶民の気持を一つにするため、大坂の永遠の繁盛を願う官民一体で行った『天保のお救い大浚え』だった。

その庶民の意気の入れようは大賑わい大騒ぎとなって大坂中が沸き返った。

この工事によって、安治川口の大坂天保山と木津川口の千本松大堤防が築かれ、大坂の名所となっていった。幕府と大坂の豪商達が費用を捻出し、市民が川浚え人足を行った官民が力を合わせて行った大事業として、これにより新見正路の名奉行ぶりが後世まで大坂市民の語り草となって伝えられた。

このときの大塩とこの工事の係りが落書で残されている。

『大塩が引きたる後は川浚へ、下は砂持ち、上は金持ち』

この時、川浚えに参加した庶民の数は十三万人以上で、集まった冥加金銀は九千八百三十三両にも上った。また、工事資材の石や木材など近隣諸国や近郊農村から提供されている。二年間に亘った大工事は、まさに、官民一体の大工事であった。


七月二日。

京都一円を揺るがす大地震が発生。

京にある神社仏閣に大被害があり、二条城の石垣が崩壊した京都大地震である。


八月十八日。

高井山城守病気養生の為、江戸へ帰府。

この日より、東町奉行所が閉鎖され西町奉行所のみで公務が行われた。次東町奉行が奉行所に入るのが翌年二月二十七日で、三月まで西町奉行による一人奉行であった。

この間に、新見は東西与力同心の組換えを行い、弓削と繋がりの深かった老齢な与力同心は全て家督継承を行い人事を一新している。大塩の退任もこの中の一つとして行われた。


九月十日。

堺奉行水野能登守信之退任。

翌年二月二十八日、次堺奉行久世伊勢守広正が就任するまで大坂西町奉行が兼務することになる。このとき奉行代行として盗賊改め方与力内山彦次郎が起用されている。


文政十三年八月二十日。

大塩平八郎与力職を辞職。

息子大塩格之助が番台として与力職の名跡を継ぐことになった。

大塩平八郎の退任を以て、長吉の猿としての仕事も終えた。


世の中は、お救い大浚えが終った天保四年から天候が急変し、平和な豊作の世から一変して天保の大飢饉へと繋がっていく。その飢饉の最中の天保八年二月、大塩平八郎自らが掲げる正義の思想を体現するため、貧窮する弱者庶民を救うべく幕府に起こす大塩の乱となって現れる。

以降、徳川幕府は改革を推し進めるも、江戸三大改革の最後は弾圧に終始し、効果なく幕府の威信は急激に衰退し、幕末維新へと大きく移り変わっていった。


長吉がその後、大塩の呼びかけに応じてこの大塩の乱に加わったのか、大塩の思想を受けて正義のもと幕末維新に活躍したのかは定かでない。ただ、大塩の乱において、多くの百姓や役人村からも乱に加わった者がいて、その中から八百人もの処罰者が出て、大塩平八郎、格之助親子を含む二十名が磔処刑になり下位身分の者二十数名が斬首に処されたが、長吉の名前はその中にはなかった。

〈了〉

《参考文献》

・新史大坂天保山　天保の御救い大浚え　石田正之　文芸社
・大阪市史　大阪市著作　清文堂出版
・大阪編年史　第十六、十七巻　大阪市立中央図書館　市史編集室
・新修大阪市史　新修大阪市史編集委員会　大阪市発行
・大坂西町奉行新見正路日記　関西大学藪田貫編著　清文堂出版
・大坂町奉行と刑罰　藤井嘉雄著　清文堂出版
・近世風俗志（守貞謾稿）喜田川守貞、宇佐美英機校訂　岩波書店
・日本庶民生活史料集成　第十一巻　世相一、浮世の有様　三一書房
・毎日放送文化双書７　大阪の世相　岡本良一著　毎日放送
・毎日放送文化双書８　大阪の風俗　宮本又次著　毎日放送
・日本文化名著選　大塩平八郎　幸田成友著　創元社
・幸田成友著作集　第五巻　中央公論社
・近世日本国民史　文政天保時代　徳富猪一郎著　民友社
・大阪名所むかし案内絵とき「摂津名所図会」本渡章著　創元社
・大阪古地図むかし案内読み解き「大坂大絵図」本渡章著　創元社
・江戸時代&古文書　虎の巻　油井宏子監修　柏書房
・太陽コレクション地図　京都・大阪・山陽道　平凡社
・太陽コレクション瓦版、新聞　江戸明治三百事件Ⅰ　大阪夏の陣から　平凡社
・大塩平八郎　森鴎外著　小林繁雄校正　青空文庫

後記

前作『新史大坂天保山―天保の御救い大浚え』を執筆して、五年が過ぎた。

前作執筆の切っ掛けとなった、筆者が父から聞いた先祖からの伝承「我が家は私財をなげうって天保山の工事に参加した」という言葉をキーワードに、五年の歳月をかけて江戸文化文政時代と天保年間の資料を集め、天保二年から二年に亘り官民一体で行われた、市民が私財をなげうってまでして参加したという御救い大浚えの真実と真相を時代の背景から論理的に紐解き、日本自費出版文化賞なる栄えある賞に入選させていただいた。

資料の中から、江戸期の藩政制のなか、藩主のいない幕府直轄の地で経済の中心都市として栄えた大坂の特異な人々の相関関係を見てみると面白いものが垣間見えてきた。

江戸幕府が興りすでに二百年を迎えた時代で、幕府が終焉に近づいていたころ、江戸二大町人文化の一つが華開いた化政文化時代、大坂は間違いなく町人が町を支配していた。

江戸は政治の中心地で、参勤交代で各藩邸には多くの侍が駐屯し、江戸百万人の人口のうち大半はこの侍たちの数で占めていた。江戸時代の三大都市は江戸、京都、大坂を三都というが、京都は平安京の昔から皇家と公家が多く住む都であった。

当時、大坂の人口は四十万人程度で京都と同じくらいであるが、公家の代わりに町人の人口割合が多かった。大坂の藩邸は大坂で取引される各藩の生産米や特産物を保管する蔵屋敷である。

侍は基本的に商売などしないし、できないため大坂町人が代わって行うのである。利益のみあれば藩は潤う。従って、大坂にある各藩の蔵屋敷には侍はほとんどいないのである。そして、大坂に住む役人武士は、幕府草創期に徳川家康の直参家臣が大坂に永住し、与力同心は二百年もの間、代々家督を受け継ぎ、町人に引けを取らない生粋の大坂人化していた。

この直轄地を管理しているのが奉行所であるが、行政司法警察まで請け負っているため、町の行政は町人自らに委ね、司法の公事訴訟だけでも近隣諸国のものも含め吟味している数が毎月千五百件以上に上り多忙を極めていた。さらに大都会である経済都市大坂には全国から商売を中心に人々が集まり、それらの人々の夜を楽しませる花街や料亭などが多くあり、大坂は一大歓楽地であった。そのため警察面では、町中で犯罪や事件が頻繁に起こり奉行所与力同心だけでは賄いきれない状態であった。その奉行所の犯人捕縛の屈強な捕り手として本編に登場する役人村からの人材が必要不可欠だった。これらの人々の記録はほとんど知られずに残されておらず、歴史の真実として現在の人々にも知って欲しかったことが今回の執筆の動機である。

本編の中でくどく記述した役人村の呼称は、この時代実際に大坂に居住し、後に江戸風俗事典の手本とされる『近世風俗志（守貞謾稿）』を纏める喜田川守貞が著書の中で、「……大坂火災には防火夫を役し、刑人ある時は磔鎗《はりつけやり》に役し、首斬りに役す。故に当村自称して、役人村と云うなり」と書き残している。大坂市街にあった四か所は、所謂《いわゆる》被差別村のことである。身分制度としてではなく呼び名として、非人、乞丐《かたい》、穢多がある。奉行所と役人村の繋がりを与力大塩平八郎とその手先として風聞（諜報活動）集めに奔走したであろう村の若き者を小説にしてみた。

そして、本編で最大の山場として登場する鳶田は、大塩平八郎が天保の乱（天保八年）後に処刑された場所で四か所のうちの一つである。刑場と鳶田村と墓があり、ここは著者宅から近くにあり、大正から昭和にかけて鳶田墓地の移設の跡地に日本最後の本格遊郭飛田新地が造られた。当地に誕生して今年（二〇一八年）で百年となり、南地に花街が出来て三百年となる。花街の概念も資料や『守貞謾稿』の記述から見直してみて、諸事情は現在と余り大きく違わなかったのではないかと解釈してみた。大坂には当時、江戸三大遊郭の一つに数えられた新町遊郭が存在し、色町に切っても切れない仲の悪党と、正義の使者ともいえる大塩平八郎の活躍の陰の力として活躍した若者をつなぎ合わせてみた。

前述の村としての存在と職務的な役目柄、一般庶民の見た目からの差別が現在の差別問題につながる一つの要因になっているのかもしれない。また、役所や警察組織にもこのような悪習が江戸時代の遺産として現在にまでも残されているのかもしれない。

石田　正之（いしだ　まさゆき）

1953年、大阪府生まれ。大阪市在住。

大阪府立今宮工業高等学校卒業。

日立造船㈱に勤務、機械エンジニアの傍ら独学で大阪の歴史、郷土史を研究。現在は、歴史小説執筆の他、油彩写実絵画制作と活動を広げる。

2013年、『新史大坂天保山―天保の御救い大浚え』を自費出版。

2015年、上記著書が第18回日本自費出版文化賞小説部門に入選。

闇の中の猿　真説・大塩平八郎文政風聞録外伝

2019年4月13日　第1刷発行

著　者　石田正之
発行人　大杉　剛
発行所　株式会社 風詠社
〒553-0001　大阪市福島区海老江5-2-2
大拓ビル5-7階
Tel 06（6136）8657　http://fueisha.com/
発売元　株式会社 星雲社
〒112-0005　東京都文京区水道1-3-30
Tel 03（3868）3275
装幀　2DAY
印刷・製本　シナノ印刷株式会社

ISBN978-4-434-25858-9 C0093